Frank Schnieder

Caroline Brösztl

EISBÄRENZEIT

AF140146

Caroline Brösztl und **Frank Schnieder** (*1968) sind seit ihrer gemeinsamen Schulzeit vom Schreiben fasziniert. Als sie achtundzwanzig Jahre später erneut aufeinandertreffen, stellen sie fest, dass es an der Zeit ist, sich schonungslos ehrlich mit dem Thema Mann und Frau auseinanderzusetzen. Und dann gemeinsam darüber zu schreiben. Eine pointierte Erzählung, die den Protagonisten einiges abverlangt: eine Novelle.

Dabei gab es bewusst keine festen Zuordnungen zu den Figuren, in die Ausgestaltung von Charlotte und Eduard flossen die Ideen beider Autoren gleichermaßen ein.

Martina Jandeck (*1966) steuerte einige richtungsweisende Einfälle zu den ersten beiden Kapiteln bei.

Rattus Rex (*1975) schrieb für dieses Buch das Gedicht „Eisbärenzeit".

Frank Schnieder, Caroline Brösztl

EISBÄRENZEIT

Novelle

mit Ideen von Martina Jandeck
und einem Gedicht von Rattus Rex

ORSO-Verlag

Autorenkontakt:
Eisbaerenzeit@web.de

Bibliografische Information der Deutschen Nationalbibliothek:
Die Deutsche Nationalbibliothek verzeichnet diese Publikation in
der Deutschen Nationalbibliografie; detaillierte bibliografische
Daten sind im Internet über dnb.dnb.de abrufbar.

Herstellung und Verlag:
BoD – Books on Demand, Norderstedt

ISBN: 978-3-739-22737-5

Charlotte und Eduard hatten aufgrund einer üblen Seuche zueinander gefunden.

Genauer gesagt war es eine ansteckende Magen- und Darmgrippe, die ausgerechnet zu Silvester populär wurde. Eduard klingelte damals voller Erwartung auf eine große Party an Charlottes Tür. Schon bald bemerkte er, dass die anderen zahlreich eingeladenen Gäste allesamt fehlten, vermutlich erkrankungsbedingt ferngeblieben waren. Da mussten er und Charlotte wohl zwangsläufig zueinander finden. Eine Laune des Schicksals, ein Abend ganz unverhofft zu zweit. Küssen, das kam wegen der Ansteckungsgefahr überhaupt nicht in Frage, aber die beiden hätten es damit ohnehin nicht eilig gehabt.

Ein erstes Abchecken, unbeholfen im Flur stehend, in der jeweils einen Hand eine Salzstange, in der anderen ein Schälchen mit lauwarmer zuckriger Bowle, die seltsam synthetisch schmeckte. Eduard dachte in diesen ersten Minuten ernsthaft darüber nach, ob hier und jetzt nicht ein Mundschutz angemessen wäre, um Schlimmeres zu verhindern. Naja, stimmungsfördernd wäre das nicht gewesen, aber wegen seines Berufes wusste er die Vorzüge solcher Maßnahmen zu schätzen.

Charlotte war ganz ähnlich wie Eduard, sie begrüßte ihn zaghaft an der Tür und nötigte ihn erst nach einer scheinbaren Ewigkeit des vorsichtigen Annäherns zu einer ersten Unterhaltung. „Was machen Sie denn eigentlich beruflich?", scheute sie sich nicht, gleich ein besonders heikles Thema anzugehen. Durchaus gewagt, denn der Gast hätte sich ja als Wohnungseinbrecher, Lustmörder oder Versicherungsmakler entpuppen können und somit der Veranstaltung in beruflichem Interesse beiwohnen wollen.

Sie wusste nichts von ihm, außer dass er auch fünfundvierzig war und ein Bekannter einer guten Freundin. Ziemlich groß, ziemlich schlank; vielleicht nicht so gutaussehend, wie er ihr beschrieben worden war. Er strahlte eine angenehme Ruhe aus; aber es war etwas beklemmend, dass sie beide nicht so viel zu sagen wussten. Stattdessen trank er umso mehr.

„Ich schnippele tote Typen auf", lallte Eduard in sein viertes Schälchen Getränk, „und gucke nach, ob die okay sind." „Sehr witzig", erwiderte Charlotte irritiert, „damit wollen Sie mich doch nur erschrecken. Wollen wir uns nicht duzen?" Man nannte sich noch einmal die bereits bekannten Vornamen, um dann beinahe in ein übliches Trink- und Kussritual zu verfallen – doch halt, das ging ja heute nicht.

Die Gastgeberin hatte nichts dem Zufall überlassen und zur allgemeinen Stimmungsaufheiterung eine Auswahl der in ihrem Haushalt reichlich vorrätigen Psychopharmaka dem Getränk beigemischt. Deren Wirkung entfaltete sich erfahrungsgemäß erst nach einiger Zeit, in Verbindung mit Alkohol und Zucker aber umso nachdrücklicher. Eduard hatte längst genug von der fiesen Pampe und verlangte nach normalen Getränken, trank jedoch auf Drängen von Charlotte noch ein paar Schälchen mit. Der Inhalt der Bowle-schüssel, eigentlich zur Bewirtung von zwanzig Gästen ausgelegt, ging langsam zur Neige.

Mit der Sinneswahrnehmung des einzigen Besu-chers stand es mittlerweile nicht mehr zum Besten, er glaubte aber etwas wie „Gesellschaftsspiel spielen" verstanden zu haben und willigte gleich ein. Eine wahrlich verhängnisvolle Entscheidung, denn eigent-lich hatte er überhaupt keine Ahnung von dem, was hier bisher abgelaufen war und gleich noch passieren würde.

Womit allerdings niemand gerechnet hatte: Das Licht ging aus. Die Musik war weg. Weder Charlotte noch Eduard hatten eine Ahnung davon, dass *Lüst-ringen* sich komplett an der *Earth hour* beteiligt hatte. Das waren jetzt Tatsachen. Und dunkle Aussichten. „Charlotte?" „Eduard!" „Was soll das denn bedeuten?" „Ich weiß es doch auch nicht! Stromausfall!" „Wo ist hier der Sicherungskasten?" „Ich weiß es doch auch nicht!" Sie rappelte sich angeschickert vom Sofa hoch, um aus dem Fenster zu sehen. Alles war dunkel drau-ßen. „Wir brauchen den Sicherungskasten nicht su-chen. Draußen ist es überall dunkel."

Es war, als ob sich eine besondere Ruhe über sie legte. Nicht nur über sie beide, sondern über den Stadtteil und weit darüber hinaus. Auszeit. Raus aus allem. Mit dieser Erkenntnis drehte sie sich lächelnd zu Eduard und war etwas überrascht, dass er ihr so nah ans Fenster gefolgt war. Seine körperliche Nähe war auch ohne Berührung spürbar.

Eduard riss es hin und her. Tief durchatmend steckte er die Daumen hinter den Gürtel und bemühte sich, sozusagen ein Liedchen pfeifend, wieder auf normal zu kommen. Diese Frau hatte etwas Besonderes. Aber seine Mutter hatte ihn stets gewarnt, sich vorschnell hinreißen zu lassen. Damit war er immer sehr gut gefahren – kein Herzschmerz, es gab einfach nichts, was je zu bedauern gewesen wäre – er ist eben ausnahmslos korrekt gewesen.

Allerdings ... Ein ganz neuer Gedanke durchzuckte ihn: Vielleicht war genau das zu bedauern? Noch nie waren seine Gedanken und Gefühle so kasperlhaft durch die Gegend gehüpft, sie drehten sich wie ein Spiralnebel durch sein Hirn.

Endlich war die Strompause beendet, und es ward wieder Licht. „*Fiat lux*!", krakeelte er heftig angeheitert – seine für lange Zeit letzte intelligente Äußerung – und Charlotte verstand nur Auto. Eduard widmete sich mit der ihm verbliebenen Resthirntätigkeit dem dargebotenen Brettspiel: *Mensch ärgere dich nicht* oder *Halma*, schwer zu sagen. Auf jeden Fall waren alle Spielsteine in diesem ihm so bekannten Gummihandschuhgrün, das Spielbrett war es auch und sogar seine Hände. Er sah überhaupt alles nur noch in grün, zudem grob verpixelt. Schwerfällig bewegte er die Figuren sinnlos hin und her, warf alles um, stürzte über den Couchtisch und blickte schuldbewusst in Richtung Gastgeberin. Doch die war schon vor einiger Zeit ins Bad enteilt, um sich frischzumachen und ein Aufputschmittel einzunehmen.

Eduard, der Bowle mittlerweile doch lecker fand, nutzte die Gelegenheit und bereitete sich schnell eine gewagte Mixtur: einen grünen Likör als Basis, dazu wahllos Spirituosen und einige der farblich so gut passenden Spielsteine vom Brettspiel zusammengerührt, gar nicht schlecht im Abgang.

Charlotte hatte sich inzwischen das Gesicht ausgiebig mit dem vollen Strahl aus der Handbrause abgekühlt; wohl ahnend, dass Schminke und andere Dekoration bereits von dannen schwammen. Niemand würde es bemerken.

Als sie wieder das Wohnzimmer betrat, stand der Gast gerade breitbeinig auf dem Fensterbrett und erleichterte sich aus dem geöffneten Fenster. Eduard erschrak, als er die Tür aufgehen hörte, kam aus dem Gleichgewicht, riss an Hängepflanzen und Gardinen und fiel dennoch fast kopfüber vor die Füße der Begehrten.

„Mein Schatz, ich finde, wir sollten das nicht übereilen", säuselte sie, zog ihm auf eine für ihn schmerzhafte Art die Hosen hoch und schob ihn unsanft aus der mittlerweile arg ruinierten Wohnung.

Ohne Verständnis, ohne Verstand und ohne Schuhe wankte Eduard hinfort, schlug mehrfach hart im Treppenhaus auf und robbte dann durch ausgedehntes Unterholz nach Hause – zumindest kam es ihm so vor.

In welchen Rabatten er seine Kleidung zerfetzte, in welchen er sein Portemonnaie verlor, ließ sich später nicht mehr sagen.

Zu allem Überfluss glaubte er sich noch von einem riesigen Tier verfolgt, das ihn bedrohlich brummend vor sich her trieb; ein Umstand, der sein Heimkommen sehr beschleunigte.

Es wurde eine ganz schlimme Nacht, die er statt am weichen Busen einer zärtlichen Frau auf unerbittlich harten Fliesen vor dem heimischen Toilettenbecken verbrachte. Gleich zu Beginn seines ausgedehnten Aufenthaltes in jenem Raum setzte das allgemeine Böllern ein, welches im Widerhall der Keramik für ihn erst recht keine Freude war. Das neue Jahr hatte also begonnen – das fing ja gut an!

Irgendwann am nächsten Nachmittag begann wieder seine Gesamthirntätigkeit, und er versuchte zu rekonstruieren: Es war wohl ein besonderer Abend mit einem vom ersten bis zum letzten Moment unerwarteten Verlauf. Wenn er ganz ehrlich war, musste er sich jetzt so einiges eingestehen, es ging einfach nicht anders:

Bowle als Partygetränk war gar nicht zeitgemäß. Mit Brettspielen sollte sich ein erwachsener Mann nicht mehr beschäftigen. Das unbedeutende *Lüstringen*, am Rand der aufregenden Großstadt gelegen, hatte auch sein Gutes: Hier hatte ihn vermutlich und hoffentlich niemand erkannt. Und Charlotte besaß das gewisse Etwas, was er bei anderen immer vermisst hatte. Was das war, konnte er gerade nicht erspüren, dafür war ihm zu übel.

Würde es eine gemeinsame Zukunft geben, würde er sie jemals wiedersehen?

Manche Peinlichkeit des letzten Abends war aus seinen Hirnzellen für immer gelöscht.

Sonst hätte er sich das gar nicht gefragt, sondern sich vor lauter Scham für Monate verkrochen. Er verstand das alles nicht: Silvester hatte er doch schon oft gefeiert. Alkohol und Frauen waren meist mit dabei, und er hatte beides immer ganz gut vertragen.

Charlotte erging es derweil anders, aber auch nicht gut. Sie hatte anscheinend nur vier Gläser der angereicherten Bowle konsumiert, Eduard folglich die übrigen sechzehn. Am nächsten Morgen klopften die Schuldgefühle heftig bei ihr an. Die ramponierten Gardinen und Pflanzen, der befleckte Teppich und das hinfällige Brettspiel waren noch die geringsten Übel. Sie hatte alles nur gut gemeint und sich dennoch so rücksichtslos verhalten. Die Idee mit der Bowle, angeblich ein echter Stimmungsaufheller, kam ihr nun mies vor.

Ihre Sucht nach besonderen Vergnügen, ihre Tablettenabhängigkeit: schmerzhaft, daran jetzt erinnert zu werden. Auf die Ratschläge ihrer Mutter hatte sie nie gehört, zumindest in diesem Moment bereute sie es.

Und sie bereute mittlerweile auch den Rauswurf von Eduard: Wenn man nur den einen Gast hat, sollte man vielleicht etwas toleranter sein. Er konnte doch nur bedingt etwas für sein Verhalten. Eigentlich mochte sie ihn sehr; er hatte etwas, was sie bei anderen Männern vermisste. Würde er ihr verzeihen, würden sie sich jemals wiedersehen?

Ja, sie war völlig durcheinander vom letzten Miteinander. Die Psychopharmaka in der Bowle: was für eine abwegige Idee. Eigentlich war es die Idee von Saskia gewesen, und dann war die noch nicht mal zur Party erschienen. Und so jemand wollte ihre beste Freundin sein?

Laut Karl Valentin hat die Medaille bekanntlich drei Seiten: die positive, die negative und die komische. Das Negative hatte Saskia eben gedanklich über den Kopf gekübelt bekommen, das Komische war sicher das reichlich umfassende Ausbleiben der geladenen Gäste, ergo konnte dieses sehr persönliche Besäufnis mit diesem ... Eduard? Edward? doch nur als positive Seite der Medaille übrig geblieben sein. Eine Frau kann am besten vor dem Spiegel nachdenken. Charlotte wechselte ins Bad. Haare bürsten, mal wild in die andere Richtung bürsten, das ergab mit den vorhandenen Wirbeln eine feine Löwenmähne. Ob Edward so etwas ansprechen würde? Na egal, wenn frau schon mal dabei ist, kann sie auch tiefer in die Farbtöpfe greifen: Es wurde bunt.

Während der folgenden Arbeitstage hatte Eduard genügend Muße, um über die seltsame Begegnung mit dieser Frau nachzudenken. Ja, er musste es immer wieder tun, denn die Farbe seiner Handschuhe erinnerte ihn ja zwangsläufig: Immer wieder sah er das grüngefärbte Szenario vor sich, in dem der Abend aufgrund seiner Halluzinationen so unschön endete.

So mancher Schnitt in seine Klienten ging jetzt daneben. Peinlich, aber bei einem Pathologen nicht gar so schlimm wie bei einem Schönheits-Chirurgen. Verklagt hatte ihn bisher immerhin noch niemand.

Was ihn außerdem beschäftigte, war der Stromausfall damals in Charlottes Wohnung. Wie er jetzt wusste, war das keine Folge der technischen Rückständigkeit *Lüstringens*, sondern eine symbolische Aktion für mehr Achtsamkeit bei der Nutzung von Ressourcen. Charlotte hatte diese Aktion namens *Earth hour* befürwortet und vielleicht sogar daran mitgewirkt, schließlich war sie ehrenamtlich für so einige Organisationen tätig. Aber auch abgesehen davon hatte er die damalige Dunkelphase in guter Erinnerung. Bis dahin war der Abend fröhlich verlaufen, und in dieser unverhofften Lichtlosigkeit hatten sie beinahe zueinander gefunden. Als es dann plötzlich wieder grell wurde, begannen seine Wahnvorstellungen, und alles wurde richtig schlimm.

Als er schon gar nicht mehr damit rechnete, bekam er von Charlotte einen Brief – den ersten persönlichen Brief seit Jahren. Woher wusste sie seinen Nachnamen, seine Adresse? Natürlich von Saskia, die hatte ja alles eingefädelt. Mit zitternder Hand riss er den Umschlag auf und stieß auf einen Farbausdruck, der eine stark geschminkte Frau zeigte. Zudem die Haare grauenhaft toupiert, so wie es Popstars vor dreißig Jahren zu tun pflegten. Ein Graus für ihn, der so auf Natürlichkeit stand und für den sich keine Frau ondulieren, kolorieren oder mit übertriebenem Eifer rasieren müsste. „Lieber Edward", stand darunter von Hand geschrieben, „ich möchte Dich gerne wiedersehen. Ich hoffe, es geht Dir wieder gut. Grüße, Charlotte." Es folgte noch eine Telefonnummer.

Sehr skeptisch war er jetzt, hatte sich doch diese bunte Frau nicht mal seinen Namen gemerkt. Was passte eigentlich so gut zwischen ihnen beiden, was zog ihn so an? Eduard konnte es nicht sagen, aber er wollte es unbedingt herausfinden. Und deshalb nahm er jetzt all seinen Mut zusammen und tat etwas für ihn Ungewöhnliches: Er wählte herzklopfend diese Nummer.

P-tum, P-tum, P-tum, P-tum. Nein, das war nicht das Freizeichen. Vielleicht ist sie ja gar nicht da? Höhere Gewalt! Aber er hatte es zumindest versucht. „Grieseling" Was, wer? Oh: Charlotte hatte sich gemeldet! „Äh, ja, Eduard hier." „ Ja, äh, hallo Eduard, Charlotte hier, schön Dich zu hören." Pause. „Wie geht´s?" „Ja, äh, gut – und Dir?" „Äh, auch gut beziehungsweise inzwischen besser." „Ah ja, das ist bei mir auch so."

Charlotte nutzte die Gesprächslücken, um sich inhaltlich und emotional etwas aufzurütteln, und lachte leise. „Eduard, ist das schlimm, wenn Du bei mir manchmal Edward heißt? Ich befürchte, das ist eine Nachwirkung des Bowle-Inhalts." Ihr Lachen gefiel ihm. „Den Namen finde ich nicht so bedenklich wie die Wirkung der Bowle." Oh. Charlotte machte sich kleine Gedanken, was Edward, nein: Eduard, damit meinte. „Die Bowle war etwas stark, tut mir leid.

Wenn Du möchtest, können wir unser Kennenlernen ja irgendwann fortsetzen. Ganz ohne Bowle."

„Ja", flüsterte Eduard, ohne sich zu besinnen, was er da tat. „Dann komme ich morgen Abend um acht Uhr zu Dir."

Eigentlich unnötig zu erwähnen, dass Eduard danach überaus nervös wurde und sich in den folgenden Stunden sehr wenig mit Schlaf und sehr viel mit Aufräumen beschäftigte. Am nächsten Tag war er ein weiteres Mal in einem mentalen Ausnahmezustand und seiner Arbeit überhaupt nicht gewachsen. Er verwechselte zwei Patienten und werkelte deswegen an den falschen Körperzonen. Peinlich. Der Tag verlief quälend langsam, irgendwann wurde es aber erwartungsgemäß doch noch Abend. P-tum, P-tum, P-tum, P-tum. Das war nicht die Klingel. Es kam aus seinem Inneren.

Eduard öffnete die Tür und staunte nicht schlecht. Hätte dort ein Einhorn oder ein Eisbär gestanden, er wäre nicht verblüffter gewesen. Überwältigend gut sah sie aus mit ihren wunderbaren Locken. Bereits auf der Türschwelle ein tiefer Blick in die Augen, ein erster Kuss. „Das musste jetzt mal sein", hauchte sie und umschlang ihn mit ihren Armen. Mein Gott, dachte Eduard, völlig verwirrt und dem Herzinfarkt nahe, was ist denn jetzt los? Er genoss den Körperkontakt mit ihr sehr, doch er spürte, dass das so nicht richtig war, und entwand sich vorsichtig ihrem Zugriff.

„Das kommt jetzt etwas ungelegen", wimmerte er, den weiteren Augenkontakt vermeidend. Sie lachte.

„Falls Du auf Charlotte anspielst, die wird heute nicht kommen."

„Warum, wie, woher weißt Du das?" „Ist doch egal, ich weiß es eben!" Was hatten sich die beiden nur dabei gedacht? Was wurde hier mit ihm gespielt? Eduard wusste nicht mehr weiter. Saskia war immer seine unerreichbare Traumfrau gewesen, schon in der Schule. Er hatte das dumme Gefühl, egal wie er sich jetzt verhalten würde, es wäre falsch.

Ungelegen und flachlegen waren die Stichworte, die Saskia mit der Umsetzung ihres Planes verband. Immer nur den müden Gatten, da findet sich doch auch mal eine Herausforderung. Zum Beispiel der Knusperhase Eduard … Gleichzeitig rotierte es wie wild in Eduards Kopf. Verdammt. Charlotte, die Taube auf dem Dach, oder Saskia, der Paradiesvogel in der Hand? In so einer Situation war er noch nie. Zeit gewinnen? Zeit gewinnen! Abwarten und Tee trinken?

„Ja, äh, komm doch rein. Darf ich Dir etwas zu trinken anbieten?" Mit einem seitlichen Augenaufschlag antwortete sie gehaucht: „Oh ja, was gibt es denn? *Champagner*?" Vermutlich war das für den braven Eduard alles zu schnell; egal, er blieb bei seinen Vorüberlegungen. „Wie wäre es mit einem schönen *Darjeeling*?" Zeit gewonnen. Eduard übersah ihren seufzenden Blick gen Himmel, als sie etwas frustriert zustimmte: Na, dann eben den blöden Tee.

Gleichzeitig überlegte Eduard fieberhaft weiter, wie er jetzt eine Umleitung konstruieren könnte, unter Vermeidung einer Abfuhr der Superfrau Saskia. Ob er wohl seinen ehemaligen Freund Rudi mal eben als scheinbar zufälligen Gast einladen könnte? Der hat so etwas doch immer sofort mit Einsatz des eigenen Körpers übernommen – blöde Idee. Das war alles schon wirklich schlimm genug, emotional gesehen. Hormonell war es noch übler. War sein Gehirn eigentlich noch Chef im Ring? Furchtbar. Diese Regungen, dazu hatte Mama ihm niemals irgendetwas mit auf den Weg gegeben. Aber was wusste die denn auch von den Gelüsten ihres Sohnes und von Frauen wie Saskia: von einer Frau mit seitlichem Augenaufschlag.

„*Darjeeling* ist gerade alle, ich könnte zum Laden runterlaufen." Saskia wurde ungehalten, ihr Augenaufschlag drohte außer Kontrolle zu geraten, und sie versuchte dem Begehrten vorsichtig zu erläutern, dass die Geschmacksrichtung nachrangig war. „Hase, lass den Scheiß sein, setz Dich jetzt zu mir!" Er tat wie befohlen und konnte ein aufdringlich betörendes Parfüm riechen. Zwischen ihnen auf dem Sofa sah er das Bändchen eines roten BHs, auf dem er offenbar saß. Einen seitlichen Augenaufschlag vermochte er nicht, wohl aber einen verstohlenen seitlichen Blick in ihre halb aufgeknöpfte Bluse, er hatte so etwas lange nicht mehr gesehen. „Lass doch den blöden Tee, ich habe uns für heute Abend ein paar passende Getränke beim Lieferservice bestellt."

„Weißt Du noch, damals, auf dem Schulhof, ich war immer zu schüchtern, Dich anzusprechen", stammelte er. „Ich weiß, das ging mir doch auch so." Eine klare Lüge, denn früher hatte sie sich null für ihn interessiert. Das war jetzt aber gänzlich anders, und dafür gab es gute Gründe. „Aber jetzt, lieber Ede, jetzt können wir …"

Es klingelte abermals an der Tür. „Vergiss Dein Geld nicht", riet sie ihm, „der *Champagner* wird nicht billig sein." Eduard rappelte sich auf und ging in den Flur, und sie entblätterte sich derweil noch ein Stückchen mehr. Er öffnete die Tür und schaute sich interessiert den Lieferservice an. Hätten dort ein Einhorn und ein Eisbär Hand in Hand mit einer Flasche *Champagner* gestanden, seine Verwunderung wäre nicht größer gewesen.

„Guten Abend, Eduard", flüsterte sie mit gesenktem Blick. „Entschuldige bitte, dass ich so spät komme, aber jemand hat mir die Luft aus allen Autoreifen abgelassen. Ich musste sie erst wieder aufpumpen." Da er verständlicherweise gerade zu keiner Denktätigkeit, Bewegung oder Äußerung in der Lage war, drängte sie an ihm vorbei in die Wohnung. Ein paar Floskeln über seine schöne Einrichtung, schon war sie im Wohnzimmer angelangt und setzte sich auf das Sofa. Eduard tat es ihr gleich, was auch sonst. „Äh ja", stammelte er schwer gestört, „hattest Du einen Tag, hast Du hergefunden, möchtest Du etwas machen?" Sie hob ihre verschmierten Hände, hielt sie ihm unter die Nase und schlug etwas Naheliegendes vor. Apathisch nickte er; ratlos desorientiert, restlos umnachtet.

Charlotte verschwand im Flur. Wenig später dann ein Aufschrei aus Richtung Badezimmer, ein kurzer lauter Wortwechsel, ein noch lauteres Zuknallen der Wohnungstür. Er wünschte sich jetzt ein paar Liter von der Silvesterbowle, am besten intravenös verabreicht. Kramte mit zittrigen Fingern seine Zigaretten hervor und zündete sich, sonst nie in der Wohnung rauchend, eine davon an. Leider auf der Seite mit dem Filter, es störte ihn nicht. Er hörte es klopfen: P-tum, P-tum, zwei- bis dreimal pro Sekunde. So laut wie noch nie, und es gab einige Minuten lang kein anderes Geräusch, was ihn davon hätte ablenken können.

Saskia stöckelte dann irgendwann aus dem Badezimmer und stand kokettierend vor ihm. Der sonst so zurückhaltende Eduard hatte eine Wut in sich angestaut, die sich jetzt ungeahnte Möglichkeiten des Ausbruchs verschaffte. Er sprang auf, packte die einst Verehrte an den Schultern, schüttelte, schubste sie, stierte sie böse an, schrie auf sie ein. Sie war anscheinend beeindruckt, wohl geradezu geschockt, und vielleicht erzählte sie deshalb ein bischen über ihre Intrigen der vergangenen Tage.

Ja, sie wollte die beiden ursprünglich miteinander verkuppeln, denn diese zwei stillen Bekannten schienen sehr gut zueinander zu passen. Aber je länger sie darüber nachdachte, desto deutlicher wurde ihr die Unzufriedenheit mit ihrer eigenen Situation, desto attraktiver erschien ihr der ehemalige pickelige Schulfreund Ede aus der zehnten Klasse. Sie gestand jetzt so einiges: wie sie kurz vor Silvester die anderen Gäste anrief und die Lügengeschichte von der ansteckenden Krankheit verbreitete, denn wohl nur auf diese Weise konnten sich die beiden entdecken. Wie sie diesen Termin ausspioniert hatte und schließlich Charlottes Fahrzeug stilllegte. Sie sah anscheinend selber ein, wie niederträchtig und dumm das alles war.

Eduard wurde durch dieses überraschende Schuldeingeständnis das meiste seiner Wut genommen, und relativ gütig und sanft warf er sie aus der Wohnung, selbstverständlich unter Verwendung einiger übler Beschimpfungen und mit der Auflage, sich von ihm in den nächsten Jahrzehnten fernzuhalten, zumindest bis zum fünfzigjährigen Klassentreffen.

Der *Champagner*-Lieferservice *Amore mio*, der zeitgleich erschien und für zwei Flaschen Fuselwein sowie je einer Tüte minderwertiger Erdnüsse und fragwürdiger Spaßkondome neunundachtzig Euro verlangte, bekam stellvertretend seine ganze Aggression zu spüren. Fluchend und prügelnd verwies er den aufdringlich fröhlichen Pseudo-Italiener des Hauses.

So, da waren sich alle lauschenden Wohnungsnachbarn später einig, hatte man Eduard noch nie erlebt. Danach wurde er jedoch wieder die Ruhe selbst, setzte sich auf die Treppenstufen und betrachtete belustigt einige aufgerollte bunte Kondome, die ähnlich den olympischen Ringen in der Schaumweinpfütze lagen. „Vai via, ragazza, ist jetzt finito amore!", verscheuchte er die ältere Frau, die mit Besen und Kehrblech zur Hilfe eilte. Wieder allein, baute er in Gedanken versunken aus den dunkelgrünen Glasscherben einen kleinen Turm und war zumindest für diesen Augenblick ganz mit sich im Reinen.

Charlotte Grieseling hatte in letzter Zeit viel Zeit – eindeutig zu viel Zeit.

Mit der Arbeit lief es gerade schlecht; es kamen einfach zu wenige Aufträge, um davon ohne Zukunftssorgen leben zu können. Die Wohnung war viel zu groß und zu teuer, aber so perfekt eingerichtet, dass sie sich nicht von ihr trennen wollte. Für ihre eigentliche Leidenschaft, dem ökologischen Engagement, hatte sie jetzt keinen Sinn. *Earth hour*? Lieber wollte sie, es wäre für immer dunkel. Zeit zum Nachdenken war ein Luxus, den sie in dieser Menge gerade gar nicht brauchen konnte, ihre Gedanken drehten sich ohnehin immer nur in Kreisen. Meistens ging es um Saskia, wie konnte die nur? Aber eigentlich war die immer schon so gewesen. Aus nichts als Eigennutz Reifen, Liebe und Leben zerstören: typisch Saskia.

Charlotte hatte sich bei zwei Ärzten neue Antidepressiva verschreiben lassen, die sich aber als unberechenbar erwiesen, vor allem weil sie in Kombination eingenommen wurden und so ihre Wirkung mal abgeschwächt und mal dramatisch verstärkt entfalteten, gewissermaßen manisch-depressiv. Immerhin lag es ihr fern, sich zur Stimmungsaufbesserung noch weitere ungünstige Hilfsmittel wie Alkohol oder wahllose Männerbekanntschaften ins Haus zu holen.

Vielleicht war sie zu ernst, zu langweilig; hatte zu hohe moralische Ansprüche, um für die richtigen Männer attraktiv zu wirken, so dass sie in schwachen

Momenten solch treulosen Pennern wie diesem verfiel. Beim Pinkeln die Gardinen von der Decke reißen und die Spielsteine vom *Malefiz*-Spiel mitgehen lassen: Auf solchen Wahnwitz muss man erst einmal kommen. Welche Frau würde sich wohl so etwas erlauben? Dieses Spiel hatte sie ohnehin nie gemocht; sie konnte es nicht leiden, wenn man ihr Hindernisse in den Weg legte. Saskia hingegen hatte das immer mit Begeisterung und so erfolgreich gespielt.

Was war ihr eigentlich geblieben von dieser Bekanntschaft: eine mittelschwere Psychose, vielfältige Schäden an Wohnung und Seele sowie ein Paar Herrenschuhe. Was damit tun? Vielleicht alles zu einer Collage verarbeiten, mit ihrem Frust als Klebstoff; ein Gesamtkunstwerk hinter Glas, um dann irgendwann einmal – gereift und abgeklärt – darüber lachen zu können.

Wer war dieser Eduard, dessen Namen sie sich – untrügliches Zeichen von Abwehr und Verdrängung – nicht sofort merken konnte? Warum wohl sonst sollte sie sich ausgerechnet diesen Namen nicht merken können? Ihre Eltern, streng, idealistisch und gebildet, hatten sie, das war bekannt, in Anlehnung an Goethes Sittsamkeitsroman Charlotte genannt. Ein Name, den sie immer abgelehnt hatte, weil er sie noch biederer machte, als sie ihrer Meinung nach ohnehin schon war. Gegen ihre Mutter hatte sie sich stets aufgelehnt, und dennoch waren sie sich so unangenehm ähnlich. Und wenn sie sich, selten genug, Vergnügungen zugestand, dann endete es meist extrem.

Das Unabwendbare ertragen, nicht von den eigenen Prinzipien abweichen, konsequent moralisch handeln, dafür stand die Romanfigur Charlotte. Nicht überzubewerten, wusste sie, denn Goethe hatte in seinem Leben genug Unsittliches verzapft, bevor er altersweise dieses Sittengemälde schuf. Und dennoch schien es wie ein schlechter Scherz, dass Charlotte – im Roman wie im wirklichen Leben – an einen Eduard geriet, an einen egoistischen Idioten, der, obwohl zweifellos intelligent, seinen niederen Instinkten folgte und alle ins Verderben stürzte. Vermutlich bestand zwischen ihm und Saskia eine Art chemische Bindungskraft, die stärker als alle rationalen Abwägungen war. Und dann erinnerte sie sich an das Ende von Goethes *Wahlverwandtschaften*: Die gerechte Strafe wäre beiden gewiss.

„Eddi, Du bist ja schon wieder völlig neben der Spur: die Leber, nicht die Milz!" Der Chef riss ihn einmal mehr aus seinen Tagträumen, dieses Mal noch einigermaßen dezent. Kürzlich hatte er ihm angesichts seines verpeilten Dahinschnippelns nahegelegt, das Messer zukünftig doch lieber in einer Dönerbude zu schwingen als ausgerechnet in einem seriösen pathologischen Institut. Und das, so wusste Eduard, war nur bedingt spaßig gemeint.

Als ihm damals am folgenden Morgen klar wurde, was schiefgelaufen war, stand nicht mehr Saskia im Zentrum seiner Wut, sondern vielmehr er selbst. Wie immer er sich damals verhalten hätte, es wäre falsch gewesen. Ach wirklich? Saskia wäre allenfalls eine

Affäre geworden, sie passten doch überhaupt nicht zusammen. Schon als er frühmorgens das Treppenhaus wischte, peinlich darauf bedacht, dass die Nachbarn ihn dabei nicht hörten oder sahen, wurde ihm klar, was er aufs Spiel gesetzt hatte. Wütend wrang er damals den Wischmopp aus und griff dabei gleich beherzt in eine dunkelgrüne Glasscherbe – mal wieder ein Schnitt an einer falschen Stelle.

Ihm war bewusst, dass er Charlotte nun zum zweiten Mal bitter enttäuscht hatte und dass es aus ihrer Sicht sicherlich keinen Grund für einen dritten Versuch gab. Resignieren? Es ein weiteres Mal versuchen? Er hatte einfach keinen Mut mehr, zum Telefon zu greifen und alles zu erklären. Und die Wahrheit war ja nicht wesentlich besser als das, was Charlotte denken musste, als sie die Konkurrentin im Badezimmer vorfand und dann wütend weglief. Es war sinnlos, ein Jammer, kaum mehr zu korrigieren.

Seit nunmehr einem Jahr hatte er sich keiner Frau mehr in einer Weise genähert, die ihn zufriedengestellt hatte, irgendetwas ging immer schief. Und auch zuvor war es mit Frauen selten so, wie er sich das erhofft hatte. Es gab eine langjährige Freundin, mit der er nie richtig warmgeworden war: zu viel Verkopftheit, zu viel Distanz bei ihr. Wie viel wusste er eigentlich von Frauen, von ihrem Denken, ihrem Fühlen und ja: ihrem Körper? Im Alter von zwanzig Jahren hatte er sich der Pathologie verschrieben, und – welch ein Hohn – nicht nur von der Seele, sogar von der Anatomie einer Frau glaubte er noch nicht genug zu wissen. Der Beruf war da eher kontraproduktiv, weckte keinerlei Neugier. Und die korrekte und kluge Freundin war stets auf Anstand bedacht gewesen, hatte für seinen Forscherdrang und für etwaige Untersuchungen oder Experimente kein Verständnis.

Laut Konrad Adenauer hat die Münze bekanntlich drei Seiten, und wenn sie beim Münzenwerfen hochkant stehen bliebe, dann wäre es Zeit für Experimente. Acht Jahre mit einem weiblichen Adenauer zusammen zu sein, das war nicht schön. Mehr noch: Eduard war mit seinem Leben insgesamt unzufrieden, denn er empfand sich als viel zu angepasst; er hatte es ja nie gewagt, seine Interessen und Neigungen auszuleben. Eigentlich war er genauso bieder wie sein ungewöhnlicher Vorname, den die Eltern, das war bekannt, zum Andenken an seinen vermutlich ebenso biederen Urgroßvater ausgewählt hatten.

Es dauerte gut eine Woche, bevor sich Charlottes zunächst rundum negatives Denken allmählich relativierte. Dauerhaft niedergeschlagen zu sein war ihre Sache nicht, und so beschloss sie, mal wieder unter Menschen zu gehen. Es musste ja nicht gleich die Großstadt sein, das niedliche *Lüstringen* bot sicher seine eigenen Reize. Jetzt, nachdem sie schon einige Jahre dort wohnte, schien der Zeitpunkt gekommen, die beiden Kneipen des Ortes kennenzulernen. Die zunächst anvisierte sprach angeblich vor allem ein jüngeres Publikum an; und ohne sich zu fragen, ob das tatsächlich noch ihrem Alter entsprach, kehrte sie dort ein. Es wurden interessante Stunden; denn nachdem sie die meiste Zeit schweigend an der Theke gesessen hatte und sich mal wieder nicht traute, einen Fremden anzusprechen, widmete sich ihr doch noch ein Rudi, dem sie umgehend ihr Leben ausbreitete.

Rudi schien der komplizierten aktuellen Geschichte überhaupt nicht folgen zu können, steuerte aber in weinerlicher Weise eigene Anekdoten aus seinem langweiligen und verkorksten Dasein als Familienvater bei. Hierfür hatte wiederum Charlotte kein Mitgefühl und auch nicht dafür, dass er mit seinem Barhocker immer näher an sie heranrutschte. Das von ihm vorgeschlagene Trink- und Kennenlernritual fand auch diesmal nicht statt; zwar musste frau sich hier vor keiner Seuche schützen, wohl aber vor der Schlichtheit und Aufdringlichkeit des rudimentären Gesprächspartners.

„Mein Schatz, ich finde, wir sollten das nicht übereilen", brüllte sie ihm bald ins Ohr, wollte fliehen, musste aber vorher noch die gemeinsame Zeche alleine zahlen. Ein Schaudern überkam sie, als sie sich vorstellte, wie Lokal und Gäste wohl ohne Antidepressiva auf sie gewirkt hätten. Kein richtig gelungener Abend, dennoch ganz gut für ihre Stimmung.

Denn am folgenden Morgen konnte sie beim Zurückerinnern an das Gespräch des Öfteren schmunzeln; das war allemal besser gewesen als grübeln, Fernsehgucken oder *Tetrazepam*. An einen der vielen mäßig originellen *Lüstringen*-Witze von Rudi konnte sie sich noch erinnern: Einmal sei eine Chinesin in diese Kneipe gekommen und hätte erklärt, sie sei auf der Suche nach Lüstlingen – da sei sie auf jeden Fall am richtigen Ort gewesen. Als dann Saskia wieder in ihren Gedanken erschien, war das gleich weniger schlimm als die vielen Male zuvor. Die war eben so, und vielleicht würde es ja helfen, sie mal hemmungslos niederzuschreien, auf dass danach alles wieder ins Lot käme. Wenn man doch nur diese eine richtige Freundin hat, sollte man vielleicht etwas toleranter sein.

Eigentlich hatte sie Saskia manches zu verdanken. So hatte die ihr einmal begeistert von einer ekstatischen Erfahrung berichtet: von einer Sache, von der Charlotte noch nie gehört hatte und von der angeblich die allermeisten Frauen keinen blassen Schimmer haben. Es gab dann – für Charlotte etwas peinlich, für Saskia eine Freude – eine detaillierte Anleitung zum Selbstversuch. Trotz aller Skepsis: Es gelang ihr tatsächlich. Diese Empfindungen waren neuartig, unvergleichlich und veränderten Charlottes Körpergefühl sehr; sie schien jetzt für alles Sinnliche sensibilisiert. Prüde war sie ja, obwohl das viele falsch einschätzten, ohnehin nie gewesen.

Und sie revanchierte sich später mit dem Rezept für den Kaffee-Einlauf. Eher nicht Saskias Sache; aber für Charlotte war es ganz normal, darüber in allen Einzelheiten zu erzählen, schließlich war das so vernünftig und gesundheitsfördernd. Das Angebot, es einmal gemeinsam auszuprobieren, lehnte Saskia dankend ab. Vernünftig und gesundheitsfördernd, das waren nun wirklich nicht ihre Themen.

Von Saskia kamen jedoch auch andere, zweifelhaftere Tipps, etwa das übertriebene Schminken, das Rezept für die berüchtigte Silvesterbowle oder ganz allgemein die Idee, Kummer mit Medikamenten zu behandeln.

Und genau hiermit, so der spontane Beschluss, sollte und musste zukünftig Schluss sein.

Nach diesem relativ versöhnlichen Resümee einer Frauenfreundschaft rang sich Charlotte dazu durch, Saskia am Telefon mal richtig zur Sau zu machen und ihr danach eventuell umfassend zu verzeihen. Sie zögerte noch ein paar Tage, dann schritt sie zur Tat.

Bei diesem Telefongespräch war dann alles nur halb so dramatisch wie gedacht und Saskia ungewohnt einsichtig. Sie sei an allem schuld gewesen, Eduard habe eigentlich nichts dafür gekonnt.

Zehn Tage waren nun vergangen, und Eduard dachte jetzt nur noch alle paar Stunden an sie. Ganz vermeiden ließ sich das ohnehin nicht, dafür sorgte schon das omnipräsente Grün seines Berufsalltages. Die Arbeitsergebnisse verbesserten sich, und ihm ging es mittlerweile wieder relativ gut. Zwei Rückschläge gab es dann aber doch:

Zum einen rief ihn einmal unverhofft sein ehemaliger Kumpel Rudi an und berichtete von einer interessanten Frau, die er beinahe abgeschleppt hätte. Dass daraus dann doch nichts geworden sei, habe sicher daran gelegen, dass sie immer, wenn es gerade schön wurde, auf einen bescheuerten Pathologen namens Eduard zu sprechen kam. Ob er damit gemeint war, konnte Eduard ihm auch nicht sagen; aber er wusste, dass die Wahrscheinlichkeit, dass es sich so verhielt, ungemein hoch war.

Zum anderen verlagerten sich seine Schmerzen mehr und mehr von der Seele in den Unterbauch. Und zwar so eindeutig, dass er sich bald genötigt sah, einen Spezialisten aufzusuchen. Es bedurfte nur einer Ultraschallaufnahme, einer Operation und der Entfernung eines kleinen Körperteils, um Klarheit zu erhalten: Nicht seine Seele war zum falschen Ort hinabgewandert, sondern ein weißlackiertes Stückchen Holz, anscheinend eine Art Brettspielfigur. Der Arzt ersparte ihm peinliche Fragen und murmelte nur das Wort *Malefiz*.

Eduard wusste mal wieder bestens Bescheid: maleficare: Schlechtes tun, das passte ja prima. Es blieb ihm eine Narbe, die ihn Tag für Tag an diesen denkwürdigen Jahresanfang erinnern würde – so eindrücklich, als hätte man ihm „Charlotte" quer über den Bauch tätowiert.

Wieder und wieder griff Charlotte zum Telefon, begann die Nummer zu wählen und unterbrach jedes Mal gerade noch rechtzeitig.

Angst vor der eigenen Courage. Eines Abends ließ sie es, unter Aufwendung der letzten ihr noch verbliebenen *Diazepine*, dann doch geschehen, dass das Gespräch stattfand.

„Hallo Eduard", flüsterte sie, „sag jetzt einfach mal nichts, und hör mir genau zu."

Die Anweisung war vollends überflüssig. Nichts wäre unwahrscheinlicher, als dass er jetzt irgendwas sagte. Ein tiefer Kloß formte sich in seinem Hals. Diese Stimme am anderen Ende. Er umklammerte den Hörer und hörte angestrengt zu, hörte genau zu. Ihm bleib auch nichts anderes übrig, Charlotte war kaum zu verstehen. „Ich finde", formulierte diese mühsam flüsternd, "wir sollten uns mal treffen ... wenn Du magst. So ganz entspannt. Reden, nur reden, Donnerstag um acht im *Bahn Thai*."

Eduard verstand nicht. Band-Ei: Was zum Teufel war das? Er wagte nicht zu fragen. Zu verzückt war er von ihrer in die Ferne verschwindenden Stimme. Er lauschte weiter angestrengt in die Leitung. Kam da noch was? Nein. Was für eine Frau! Selbstbewusst, bestimmend.

Sonst so detailversessen akribisch sezierend, war ihm entgangen, dass vom anderen Ende der Leitung bei größter Anstrengung doch noch etwas zu hören gewesen wäre: tiefe gleichmäßige Atemzüge. Charlotte war schlicht und ergreifend eingeschlafen.

Er sondierte. Was hatte er gehört? Donnerstag acht Band-Ei. Die Vermutung lag mehr als nahe, dass er eine Verabredung mit ihr hatte. Mit allem hätte er gerechnet, damit nicht. Die Frau hatte Stil; keine Vorwürfe, keine Erwähnung der peinlichen Zwischenfälle. Ihm kam seine Mutter in den Sinn: Haltung und Selbstkontrolle in allen Lebenslagen.

Charlotte war mit ihrem Oberkörper derweilen langsam leise schnarchend kopfüber von der unbequemen, dafür aber super schick aussehenden Couch gerutscht. Im Laufe der Nacht folgten zum Glück auch die Beine auf den Boden. Ansonsten hätte sie sich mehrere Tage nicht mehr bewegen können. Rücken.

Er war also mit Charlotte verabredet, zum wiederholten Male. So einfach war es im Grunde genommen. Zum Telefon greifen, anrufen, verabreden. Er bewunderte Charlotte. Dass sie sich über Tage einen präzisen Gesprächsleitfaden vorformuliert hatte, der, exakt logisch aufgebaut, nur in einer Verabredung münden konnte, wusste er natürlich nicht. Die Welt der *Diazepine* hatte Charlotte mit aller Kraftanstrengung nur noch das Ergebnis flüstern lassen.

Donnerstag, acht, Band-Ei. Tag klar, Uhrzeit auch. Band-Ei? Der Name einer Kneipe, einer Bar? Dass sie ihn nach seinem letzten Auftritt in ihre Wohnung einladen wollte, hielt er im Augenblick für unwahrscheinlich. Unwillkürlich strich er sich über den Bauch, die Narbe juckte. Er konnte jetzt natürlich ebenso einfach wie Charlotte zum Hörer greifen, sie anrufen und noch mal fragen. Ausgeschlossen: Sie würde denken, er könne nicht zuhören. Eine der Todsünden, die ein Mann begehen konnte, hatte ihm sein Chef mal in einem Anfall von Ich-bin-ein-Kumpel-Typ klargemacht. Der musste es wissen, schließlich war er zum dritten Mal verheiratet. Nein, diesen Fauxpas dürfte er sich auf keinen Fall leisten. Saskia hätte helfen können. Vielleicht war sie mit Charlotte schon einmal in dieser Bar gewesen? Schleunigst verbannte er den Gedanken. Nicht auszudenken, wenn Saskia wieder dazwischenfunkte.

Während er zum Kühlschrank schlappte, um sich Bier zu gönnen, fiel sein Blick zufällig auf die Pinnwand. Relikt aus Schulzeiten, Kork. Ein Abholschein der Reinigung prangte dort fein säuberlich aufgespießt. Aber natürlich, er würde Charlotte anbieten, sie abzuholen. Warum etwas kompliziert machen, wenn es einfach ist? Vergnüglich grinste er von einem Ohr zum anderen. Voller Elan wählte Eduard Charlottes Nummer; so selbstverständlich, wie gerade alles mit ihr war, konnte er sie auch gleich anrufen, dachte er, und ihr seinen persönlichen Abholservice für Donnerstag anbieten.

Und im selben Augenblick schwand sein Optimismus, blitzartig legte er auf. Vielleicht doch keine so gute Idee. Schließlich gab es noch eine unverfängliche Alternative: Rudi, denn der kannte ja in *Lüstringen* alles und jeden und folglich auch jedes und jenes Band-Ei. „Ich bin´s, Eduard, gibt es bei Euch eine

Kneipe oder Bar, die Bahn-Ei oder Band-Ei heißt?"
„Ja, der Chinese am *Lüstringer* Bahnhof. Soll ich mit-
kommen?" Eduard dankte, lehnte die Begleitung ab
und wusste alles, was er wissen musste: Thai, nicht Ei.
Eine Begleitung durch Rudi, das wäre so abwegig gewesen, als würde er den imaginären Eisbären mitbrin-
gen, der ihn seit geraumer Zeit verfolgte.

Charlotte presste, als hätte sie den Leibhaftigen im
Nacken. Doch es kam nichts, einfach gar nichts. Sie
versuchte es noch einmal. Es muss einfach funktionieren. Das gibt es doch nicht, dachte sie verzweifelt mit
inzwischen puterrotem Kopf. Bitte, bitte, bettelte sie
stumm, wenigstens ein kleines bisschen. Ächzend
stand sie auf und schaute an sich herunter. Nur ihre
Zehenspitzen waren noch zu sehen. Dass sie im Hohl-
kreuz stand, bemerkte sie nicht. Jetzt einen Pflock in
den Bauch und raus mit der Luft. Das wär´s. Sie
seufzte und ließ die Schultern hängen. Dadurch wölbte
sich ihr Bauch nur noch mehr hervor.

Oh Gott. Sie straffte sich schlagartig, drückte die
Schultern nach hinten und zog den Bauch ein. So äug-
te sie vorsichtig mit gekräuselten Lippen noch einmal
an sich herunter. Der Fußrücken war zu sehen, immerhin. So könnte es gehen. Dumm nur, dass sie gerade merkte, dass sich straffen, den Bauch einziehen
und gleichzeitig atmen schlecht miteinander vereinbar
war. Und erst recht nicht im Sitzen. Sie schnappte
nach Luft. Die Feststellung, dass bestimmte Nah-
rungsmittel mal wieder zu einer exorbitanten Luftan-
sammlung in ihrem Bauch geführt hatten, war zwar

beeindruckend; der Lerneffekt, wie sie grimmig feststellte, aber gleich null.

Also, formulierte sie für sie sich, halten wir doch mal fest: Ich habe also seit langem mal wieder eine Verabredung mit einem Mann, einem sehr, sehr netten Mann, trotz allem. Seit langem? Sie kramte in Ihrem Gedächtnis. Dieser Rudi tauchte in ihrem Kopf auf. Sie schüttelte sich, das zählte nicht. Ansonsten?

Nein, sie schüttelte sinnierend den Kopf. In den letzten Jahren war da tatsächlich niemand mehr gewesen, der in diese Kategorie einzuordnen war. Oder? Sie zuckte mit den Achseln. Sei´s drum. Egal, Ihr Problem war hier und heute und musste gelöst werden und zwar schnellstens, sonst würde es ein sehr unangenehmer Abend für sie werden. Bewegung hilft, schoss es ihr durch den Kopf. Ihr Gesicht hellte sich schlagartig auf. Rasch schaute sie auf die Uhr. Sie rechnete schnell nach: Es war halb sechs, verabredet waren sie um acht. Duschen, Haare waschen, föhnen, fertigmachen. Dreißig Minuten? Locker. Das reicht für einen Dauerlauf.

Die Bestandsaufnahme: Da steht sie also nun, Alter bekannt. Nach langer Zeit mal wieder eine nette Verabredung, ganz entspannt und gelassen, und was passiert ausgerechnet jetzt? Sie bringt sich innerhalb weniger Minuten in die Optik eines auf den Hinterbeinen stehenden Nilpferdes ohne Hintern. Blähbauch, und zwar vom Feinsten. Monsternilpferd im Maximalstadium der Kolik. Erstaunt stellte sie fest, dass das sonst von ihr so gern gebrauchte Bild der

Scheinschwangerschaft abgelöst worden war. Altersgerecht, fand sie.

Laufschuhe gefunden. Sport-BH wäre auch nicht schlecht. Da fiel ihr ein, den gab´s nicht mehr. Irgendwo irgendwann abhandengekommen. Sie schaute erneut auf die Uhr. Jetzt aber hurtig. Klamotten an, raus aus der Tür. Halt, Schlüssel! Sie trabte los. Ihr war, als hätte sich im Haus gegenüber eine Gardine bewegt. Den neuen Mieter dort kannte sie noch gar nicht.

Das wär´s noch gewesen: Wenn sie sich jetzt auch noch ausgesperrt hätte. Sie kicherte bei dem Gedanken, was sie dann tun müsste, in sich hinein. Sie hätte bei den Nachbarn klingeln und den werten Gatten der Dame des Hauses um Hilfe bitten müssen. Der hätte lüstern grinsend mit ein paar grenzdebilen Sprüchen das Kalenderkärtchen von der Sparkasse gezückt – nennt man das Ding so? egal – und ihr mit stolzgeschwellter Brust, die Karte blind zwischen Türrahmen und Türblatt führend, zugezwinkert. Zack, in weniger als einer Minute wäre die Tür offen gewesen. Im Augenblick des Klacks hätte seine Augen noch mal aufgeblitzt, kurz drauf die große einladende Handbewegung in ihre eigene Wohnung. Sie hasste seine Show. Molch. Auf die lüsternen Blicke konnte sie gut verzichten. Aber der säuerliche Blick der Nachbarin, der wäre es fast wert gewesen. Blöde Kuh. Augenblicklich zuckte sie beschämt zusammen und wäre dabei fast ins Straucheln geraten. Das war nicht nett von ihr, sie ist eben anders. Dafür kann ja keiner was. Wie sie selbst wohl wäre, wenn sie in so einem Ka... kleinem Ort, korrigierte sie sich, aufgewachsen wäre. Egal. Das war jetzt nicht ihr Thema. Sie trabte weiter.

Einer alten Dame mit Gehwägelchen ausweichend, hüpfte sie auf den Rasenstreifen, angenehm weich sanken ihre Schritte im Gras ein. In ihrer Hochstimmung bemerkte sie nicht, dass es unter ihren Füßen mit jedem Schritt „quatsch" machte. Kirchturmgeläut war zu hören. Himmel, die Uhrzeit! Wie lange war sie eigentlich schon unterwegs? Verdammt, wie spät war es? Hektisch versuchte sie aus der Ferne die Uhrzeit von der Kirchturmuhr abzulesen, doch die war zu weit entfernt. Sie beschleunigte, auf der Straße war weit und breit keine Menschenseele zu sehen. Niemand, den sie nach der Uhrzeit fragen konnte. Charlotte war gerade, registrierte sie, an einem Kiosk vorbeigerannt. Sie machte in vollem Lauf eine schwungvolle einhundertachtzig Grad Kehrtwendung. Es dauerte einige Zeit und bedurfte wilden Armgefuchtels, bis die betagte Kioskverkäuferin sie verstand.

„Die Uhrzeit, junge Frau?" Wie sie den Ausdruck hasste. Die alte Dame grinste zwischen den Zeitschriften hervor. „Viertel nach sechs." Charlotte entspannte sich merklich.

Ihr Blick fiel auf die Titelseite eines Klatschblattes: „Das Königshaus bangt: Prinz Edward ..." Edward? Eduard! Schlagartig wurde sie klar im Kopf. Etwas erschöpft setzte sich auf das kleine Mäuerchen neben dem Kiosk. Das Sitzen ging gut, stellte sie beruhigt fest, nichts klemmte, nichts drückte mehr.

Mein Eduard. Ihr gefiel ihr Eduard. Ihr Eduard? Eduard. Wie das klingt. Komischer Name. Eddi, Eddie, dehnte sie gedanklich seinen Namen. Bloß nicht, Charlotte mochte keine Spitznamen. Saskia hatte versucht, sie vor ein paar Jahren zu einer Charlie zu machen. Das hatte sie sich exakt zweimal angehört und dann kurzen Prozess gemacht.

Mein Eduard, wir haben Zeit. *Smooth*, schoss es ihr in den Kopf, *mach es smooth, Baby*. Mit französischem Akzent. Himmel, aus welchem Film stammte das noch? *Tout alors, oh oui*. Sie versuchte sich Eduards Stimme vorzustellen. Sie kicherte. Lachflash. Sie lachte Tränen.

Als es endlich vorbei war, seufzte sie tief. Nein, ihre Nerven waren im Augenblick wirklich etwas überdreht. Hoffentlich passiert das nachher nicht. Nicht auszudenken. Vielleicht sollte sie sicherheitshalber heute Abend doch etwas einnehmen? Eine halbe oder so? Mal sehen. Charlotte stand vom Mäuerchen auf, ihr war jetzt kalt. Sie sprintete nach Hause. Dort angekommen, die Zeit fest im Griff und im Auge, sprang sie unter die Dusche.

Fest in ein großes Badehandtuch gewickelt, inspizierte sie keine zehn Minuten später ihren Kleiderschrank. Hm, dachte sie und spitzte die Lippen, welches Signal wollte sie eigentlich aussenden? Laut einschlägiger Frauenzeitschrift senden Frauen mit Ihrer Kleidung Signale, gewollt oder nicht. Wenn dem so ist, dann bitte das Signal, das ich will, dachte sie. Der Tipp mit dem seitlichen Augenaufschlag stammte auch von dort. Bestimmt sehr wirkungsvoll. Zumindest Saskia hatte damit immer Erfolg gehabt. Da konnte die dann auch gut damit leben, dass ihr hinterher die Augen immer extrem wehtaten. Eines Tages, so mutmaßte sie, würden sie mal in der Endposition stehen bleiben. Dann musste die Freundin eigentlich nur jemanden finden, dem die Augen in der entgegengesetzten Richtung stehen geblieben waren. Sie kicherte schon wieder.

Um viertel nach acht erreichte Eduard etwas abgekämpft das Restaurant *Bahn Thai*, das wie schon vermutet kein chinesisches war.

Mit dem Fahrrad war das für ihn gut zu erreichen, nur hatte er die Fahrzeit unterschätzt. Er kannte den Weg nach *Lüstringen* bisher nur mit dem Taxi und bekanntermaßen zu Fuß, und gerade daran mochte er sich überhaupt nicht gerne erinnern, es war so grün und so schlimm gewesen. Blöd, dass er vergessen hatte, die Hemden aus der Reinigung abzuholen; jetzt besaß er nichts Sauberes mehr und musste zwischen Tür und Angel noch schnell einen Fleck entfernen.

Eduard wirkte ziemlich nervös, und das obwohl sie am Telefon doch so unerwartet locker gewesen war. Er wollte ihr etwas mitteilen, hatte es sich lange zurechtgelegt, war ungeduldig. Mit der ihm bisher eigenen Unaufrichtigkeit musste jetzt Schluss sein. Falls es mit dieser Frau tatsächlich etwas werden sollte, dann jedenfalls anders als mit früheren Freundinnen: mutiger, ehrlicher.

Sie erwartete ihn in der hintersten Ecke des Restaurants, auf einem Kissen am nur handhohen Tisch sitzend. Sie strahlte ihn an, war weniger bunt angemalt als auf dem Foto, aber immer noch mehr geschminkt, als ihm lieb war. Aufgedreht wirkte sie, rutschte ständig hin und her, plauderte munter darauf los, teils sogar auf Französisch. Das war nun das dritte Treffen mit ihr, und abermals begann es anders, als er sich das vorgestellt hatte. Schon jetzt hatte er das ungute Gefühl, dass auch dieser dritte Anlauf wieder gründlich schiefgehen könnte, denn sie war einfach viel zu aufgekratzt für das ernsthafte Gespräch, das ihm so wichtig war. Immerhin durfte man hier jederzeit aufstehen, sich eine Auszeit nehmen und sich dem Buffet widmen.

„Du bist ja ziemlich albern heute", konnte er sich nicht verkneifen, hatte er sie doch ganz anders in Erinnerung. Charlotte nahm ihn das nicht übel, denn sie merkte ja, dass er recht hatte, und ihr war nur allzu bewusst, dass das am ständig schwankenden Medikamentenpegel lag. Wohl eine letzte manische Phase, ließ sich jetzt nicht ändern, morgen würde ihr das alles bestimmt unwahrscheinlich peinlich sein. Das erste Kennenlernen, damals hatte sie nichts eingenommen und ganz auf die Bowle vertraut. Soviel betretenes Schweigen zu Beginn der Party.

„Ich muss Dir etwas sagen", begann er mit bebender Stimme. „Als damals Saskia vor meiner Tür stand, da wirkte sie so attraktiv auf mich, dass ich sie reinlassen musste. Ich glaube, ich hätte bei allem mitgemacht, was sie vorhatte. Es wäre so falsch gewesen. Ich schäme mich ziemlich dafür." Charlotte war perplex und den Tränen nah, das hatte sie nun gar nicht erwartet.

Und dann fasste sie sich endlich ein Herz und erzählte ihm die wahre Geschichte von der Bowle; ganz ungeschminkt, inklusiv einer ausführlichen Beichte ihrer Tablettenabhängigkeit. Eduard hörte ungläubig zu und war verwirrt; in ihm mischten sich Unverständnis und Ärger mit Mitgefühl und mit der Erleichterung, sein unerklärliches Verhalten während der Silvesterparty endlich zu verstehen. Welche Folgen das für ihn gehabt hatte, nachdem sie ihn hinausgeworfen hatte, wollte er ihr jetzt lieber nicht mitteilen; er fürchtete sie damit zu sehr zu belasten. Also sagte er nichts und guckte dabei nicht unbedingt freundlich.

Charlotte sah ihn stumm mit geröteten, geweiteten Augen an; erste Tränen flossen. Ohne nachzudenken stand er auf, ergriff ihre Hand, zog sie zu sich hoch und umarmte sie kräftig und innig. Mehrere Minuten standen sie eng umschlungen: den Blick jeweils über die Schulter des anderen, herzklopfend, schwitzend und bestimmt keinen Gedanken daran verschwendend, ob ihnen jemand zusah.

Es geschah so gänzlich unerwartet. Eduard hatte sich vorher scheinbar endlos Gedanken gemacht, wann und wie er sie das erste Mal berühren würde, welche Berührung als harmlos galt und welche als unschicklich. Und jetzt ergab sich das wegen dieser dummen Geschichte, die eigentlich schon alles kaputtgemacht hatte, von ganz alleine.

Charlotte indessen wusste bisher nicht so recht, was das Besondere an ihm war, hatte mehrfach an seinem Charakter gezweifelt und ihn zeitweise gar als treulosen Penner gesehen. In diesem Moment spürte sie erstmals, was das Besondere war. Ein gegenseitiger Blick in die Augen, ein Lächeln. Sollte heißen: alles wieder gut, alles verziehen.

Sie ließen sich ermattet auf die Kissen sinken, immer noch kein Gedanke an das Buffet. Charlotte dachte kurz daran, wie sie jetzt mit zerzaustem Haar, zerknitterter Bluse, nassem Gesicht und zerlaufener Schminke wohl aussehen würde, aber das war ihr mittlerweile herzlich egal. Als sie sich wieder einigermaßen beruhigt hatte, sprach sie ein Thema an, das sie so manches Mal beschäftigt hatte. Nicht dass es überragend wichtig gewesen wäre, aber eben völlig rätselhaft: Warum hatte er damals die Spielsteine mitgenommen?

Eduard konnte jetzt nichts mehr erschüttern. Er fasste das wenige, was er darüber wusste, ziemlich abgeklärt zusammen, öffnete unvermittelt seinen Gürtel, zog die Hose ein Stück herunter, das Hemd nach oben und zeigte ihr seinen nackten Bauch. Und als wäre das nicht schon ungewöhnlich genug, tat Charlotte daraufhin ohne jedes Zögern dasselbe. Dann beschauten sie sich interessiert ihre jeweiligen Problemzonen, die sie doch eigentlich gerne geheimgehalten hätten: die gleiche Narbe an der gleichen Stelle. Ein langer intensiver Blick in die Augen und erst dann ein heftiges Grinsen.

Sie bemerkten, wie ähnlich sie sich in manchen Dingen waren. Und dass dies einer der Momente im Leben war, die man nie vergisst.

Der Kellner wohnte dieser Nabelschau aus der Ferne bei und vermied es, durch Fragen nach Getränkewünschen zu stören. „Mir steht der Sinn gerade nicht nach Essen, ich möchte nach Hause. Alleine.

Okay?" Eduard nickte, er konnte das gut verstehen. Beim Hinausgehen legte Charlotte dem diskreten Thai beiläufig einen Geldschein auf den Tresen, man trat in die Dunkelheit und auf den frisch fallenden Schnee.

„Hast du was zu rauchen?" Er wunderte sich, war er doch selbstverständlich davon ausgegangen, dass sie so etwas Unvernünftiges nie tun würde. Aber eigentlich sollte ihn in Bezug auf diese Frau gar nichts mehr wundern.

Beide standen rauchend, fröstelnd und ein paar Minuten schweigend vor der Restauranttür.

„Kannst Du Dir vorstellen, damit aufzuhören?" Er konnte es. „Ich würde Dich gerne bald wiedersehen, in der Sauna, einverstanden? Morgen Abend?"

Eduard überlegte kurz, wollte weder ja noch nein sagen. „Lieber übermorgen." „Dann hole ich Dich um halb sechs ab. Ich mag Dich sehr gerne." Sprach´s und entfernte sich zügig, ohne sich noch einmal umzuschauen.

Eduard wartete, bis er allein war. Dann griff er eine Handvoll Schnee und kühlte damit sein Gesicht. Üblicherweise hasste er scheinbar endlose Winter. Jetzt genoss er es, sich mit dem Rücken auf den Gehweg zu legen und die herabfallenden Flocken mit der Zunge einzufangen. Er drehte sich liegend ein paarmal um seine eigene Achse, bis Kleidung und Gesicht gleichmäßig weiß waren. Seine Gedanken und Gefühle hüpften ein weiteres Mal kasperlhaft und fegten dann wie ein Schneesturm durch sein Hirn. „Komm, bella ragazza!", rief er eine schneeräumende ältere Frau herbei und bedeutete ihr, sich doch neben ihn zu legen. Beiderseitiges Lachen. Schön fände er es, wenn sich jetzt der Eisbär zu ihm gesellen würde, das würde gerade gut passen. Oder auf dem Einhorn nach Hause reiten – nein, das war zu gefährlich bei der Glätte, zu gefährlich für dieses seltene Tier.

Er stand auf und taumelte zu seinem Fahrrad, scheinbar schwer angetrunken, vielleicht hatte man ihm auch Drogen ins Essen gemischt. Er erinnerte sich: Er hatte nicht einen Happen vom Buffet gegessen, und es gab ja noch nicht einmal einen Schluck Wasser zu trinken! Durstig, müde und trunken vor Glück radelte er nach Hause.

Es war also wieder ein Abend mit einem völlig unerwarteten Verlauf. Ihre Verwandlung von gestylt und überdreht zu äußerlich wie innerlich völlig aufgelöst, das war ergreifend.

Eduard spürte jetzt, was an Charlotte das Besondere war: diese Geradlinigkeit und Bestimmtheit, das direkte, nonchalante Verhalten und unter ihrer Vernunft verborgen eine gefühlvolle Herzlichkeit und latente Verrücktheit. Das war für ihn in dieser Kombination einmalig; genau das, was er immer gewollt hatte. Mit so jemandem konnte er Neues erleben, Grenzen überschreiten und dennoch – wichtig für ihn – den Bezug zur Realität aufrechterhalten und von ihrer Zuverlässigkeit profitieren.

Als Sternzeichen Fisch war er in Sachen Astrologie hinreichend bewandert, um auch die Gefahren und Grenzen einer solchen Verbindung zu erahnen, und deshalb hatte er durchaus Zweifel, ob das überhaupt harmonieren könnte. Falls die Jungfrau Charlotte sich als übertrieben pedantisch und an seiner Unvollkommenheit herumnörgelnd erweisen sollte, dann auf keinen Fall. Bisher sah es aber nicht danach aus; sie wirkte vielmehr so, als hätte sie dieses Stadium bereits hinter sich gelassen.

Von den Psychopharmaka spürte Charlotte jetzt nichts mehr. Eigentlich ein schönes Gefühl, ganz sie selbst zu sein, ohne dabei in düstere Stimmung zu verfallen. Das hatte sie nicht oft in den letzten Monaten, entsprechend genoss sie es.

Sie mochte das sanfte, fast lautlose Auftreten auf den Neuschnee, fing Schneeflocken mit ihrem Mund ein, während sie auf eine neuartige Weise angeheitert nach Hause ging. Klar war Eduard die Ursache; ebenso klar war sie realistisch genug, um zu wissen, dass es noch unklar war, ob sie wirklich zusammenpassten. Zumindest ihr Gefühl sagte gerade heftigst ja.

Da waren Momente, wie sie sie mit noch keinem anderen Mann erlebt hatte: Er war leise, zögerlich, verträumt und dennoch im entscheidenden Augenblick völlig präsent, stark, eindeutig. Gefühlvoll und humorvoll, unkonventionell und ein bischen verrückt. So schlecht über ihn zu denken, wie sie es bereits zweimal getan hatte, das war einfach nicht fair.

Ihr war durchaus bewusst, dass sie in der Vergangenheit mit ihrem nüchternen Perfektionismus und mit ihrer besserwisserischen Art so manchen Mann vergrault hatte; sicher auch einige, um die es schade war. Aber lange Zeit hatte sie gar keinen Grund gehabt, ihr Verhalten zu ändern, dafür waren ihr Männer einfach nicht wichtig genug. Ein paar einschlägige Erfahrungen hatte sie ja, aber es ging genauso gut ohne.

Ihre sozialen Kontakte bestanden – neben den meist unerfreulichen Besuchen bei ihren Eltern – vor allem im sozialen und ökologischen Engagement in immer neuen Gruppen. Engagiert für eine gute Sache kämpfen, das gab ihr Sinn und Halt im Leben, war ein prima Partnerschaftsersatz. Mitleidig betrachtete sie, wie aus den einstigen Mitschülerinnen einfältige und meist übergewichtige Ehefrauen und Mütter geworden waren. Keine Häme oder Missgunst, aber sie war froh, nicht so zu sein.

Ihr Gefühl sagte ihr jedoch, dass es langsam Zeit für eine Neuorientierung wurde. Eduard war zumindest der Auslöser dafür, schon deshalb war sie ihm dankbar. Sie erinnerte sich nochmal an das *Bahn Thai*:

Wie unangenehm der Abend doch begonnen hatte: ihre Überdrehtheit, das peinliche Französisch. Und dann wurde alles gut; es war so emotional, so befreiend. Eigentlich fand sie am schönsten, dass sie sich wegen ihrer verlaufenen Schminke und ihres nackten Bauches wirklich keinerlei Gedanken gemacht hatte. Eduard wirkte sich offenbar bereits positiv auf sie aus.

Die Idee mit dem gemeinsamen Saunabesuch kam ihr genauso spontan wie die mit dem Bauch- und

Narbenvergleich. Nicht zu leugnen, sie hatten beide ein wenig zu viel Bauch und eine gar nicht so schöne Narbe, aber das konnte man auch entspannt sehen. Wer zu ihr passte, der musste ihren Körper akzeptieren. Und sollte auf so ein Sauna-Angebot unbedingt eingehen.

Zwei Abende später fuhren sie dann, kaum miteinander redend, in einen Ort auf der gegenüberliegenden Seite der großen Stadt gelegen.

Mit Sauna hatte Eduard nur wenig Erfahrung, doch die von Charlotte favorisierte, gefühlt so groß wie das gesamte benachbarte Dorf, gefiel ihm sofort. Finnische Blockhütte neben mediterranen Kitschbauten: wie originell. Die Saunen stapelten sich geradezu auf dem weitläufigen Gelände, da war man gelegentlich auch ganz unter sich.

Es wurde ein intensives Zusammenspiel der Elemente Feuer, Luft und Wasser. Dreimal fünfzehn Minuten bei fünfundneunzig Grad, so lautete ihre Ansage.

Charlotte setzte sich selbstverständlich nach ganz oben und verhüllte nichts. Er hielt tapfer durch, es war wirklich höllisch heiß, alleine hätte er sich das nicht angetan. Dusche, ein von der Wassertemperatur eisbärengeeignetes Tauchbecken und dann schwimmen im lauwarmen Wasser unter freiem Nachthimmel. Jeder Muskel schien sich jetzt zu entspannen.

Nach dem Schwimmen standen sie sich gegenüber, er schaute sie sich zwei Sekunden lang im Ganzen an und dann in ihr Gesicht. „Gut siehst Du aus!"

Es war so anders als mit Saskia; unbefangener, auf Augenhöhe. Sie sah wirklich gut aus, aber keineswegs spektakulär wie Saskia, eher normal gut. Ungefähr so, wie er sich selbst sah.

Am meisten gefiel ihm, dass sie jetzt ungeschminkt war; aber auch die im Lampenlicht glänzenden Wassertropfen auf ihrem Gesicht faszinierten ihn. Erinnerungen an *Bahn Thai*, als die Tropfen über ihre Wangen liefen.

Beginnendes Frieren, abtrocknen, Bademantel, auf zwei Liegen nebeneinander durch das Panoramafenster in die Sterne schauen. Noch mehr entspannen und sich lange und gut unterhalten.

„Dieser Besuch hier", begann Eduard zu erzählen, „erinnert mich an ein Erlebnis mit meiner Ex-Freundin." Charlotte war ganz Ohr.

Doch eigentlich ging es gar nicht um diese langjährige anstandswahrende Lebensgefährtin, sondern vielmehr um deren damals fünfundfünfzigjährige Mutter. Beim ersten gemeinsamen Besuch dort kam man angesichts des heißen Wetters schnell überein, einen Badestrand an einem See aufzusuchen. Da angekommen, ließ die Mutter ganz unerwartet alle Hüllen fallen und schaute die beiden ermunternd an. Ohne groß nachzudenken, ließ er sich darauf ein, seine Freundin wie zu vermuten nicht. Ein seltsames, aber gutes Gefühl; ein erstes Kennenlernen unter höchst ungewöhnlichen Umständen. Ihre Mutter und er unterhielten sich dann ausführlich, vergaßen die Zeit ebenso wie die scheinbar amoklaufende Sonne. Spätabends schmierte sie Eduards feuerroten Rücken mit einem kühlenden Gel ein und sagte dabei etwas Nettes, aber gleichzeitig auch irre Komisches: „Eduard, ich duze Sie jetzt."

Charlotte lachte. „Eduard, ich sieze Dich jetzt wieder", alberte sie; dabei waren die ersten Minuten ihres Kennenlernens doch nicht weniger unbeholfen gewesen. Es schien so lange her.

Er fuhr fort mit dem Thema Pathologie und schilderte, wie es sich anfühlte, mit toten Menschen konfrontiert zu sein; deren Schicksal zu kennen oder, falls nicht, darüber zu rätseln, Fantasien zu entwickeln. Und dass diese Tätigkeit für ihn niemals etwas Normales, nie Routine sein würde.

Charlotte erzählte ihm dann so einiges aus ihrem Leben, unter anderem dass sie bislang gar nicht allzu viel Wert auf Männer gelegt hatte und ihre bisherigen Erfahrungen nicht so toll gewesen waren. Weiter ins Detail ging sie nicht. „Ich habe mir vorgenommen, herauszufinden, ob ich da etwas verpasst habe." Sie lächelte ihn vorsichtig an, während sie das sagte.

Während des dritten Saunaganges kam Eduard nah an seine physischen Grenzen. Beim Aufstehen nach der sich scheinbar endlos ausdehnenden Viertelstunde wurde ihm kurz schwarz vor Augen, im Tauchbecken fürchtete er um sein Herz. Im Ruheraum wurde es dann nichts mehr mit weiterer Unterhaltung, völlig erschöpft fiel er sofort in einen komatösen Schlaf – ganz ähnlich wie Charlotte vor wenigen Tagen während des Telefonates mit ihm. Als er aufwachte, hatte er keine Idee, wieviel Zeit vergangen war. Charlotte erkundigte sich liebevoll nach seinem Befinden und verriet ihm, dass es eine halbe Stunde gewesen war.

Dieses Gefühl von Entspannung, Erschöpfung und weggetreten sein hatte er erst ganz selten gehabt. Nicht in der Sauna, nie mit der langjährigen Freundin, wohl aber beim innigen Miteinander mit einer sehr sinnlichen Frau. Das auf jene Weise einmal mit Charlotte zu erleben war jetzt sein größter Wunsch. Aber er hatte es nicht eilig damit und behielt diesen Gedanken lieber für sich.

„Genug entspannt? Dann ab nach Hause, es ist spät." Sie brachte ihn zurück, er stieg aus und küsste sie vorher noch kurz auf die Wange. „Schlaf gut. Ich mag Dich auch sehr gerne!"

Eduard schloss die Wohnungstür auf. Er hätte lang hinschlagen und auf der Stelle einschlafen können.

Trotz der tonnenschweren Augenlider zwang er sich, noch etwas wach zu bleiben, denn er wollte unbedingt über den Abend mit Charlotte nachdenken, solange die Eindrücke frisch waren. Und der Anblick, ihr Anblick. Sie hatte sich von ihm von oben bis unten mustern lassen. Einfach so, kein Gekicher, kein dummer Spruch, kein hastiges Bedecken mit dem Handtuch. Als sei es ihr egal. Schon ungewöhnlich. So wie überhaupt die Idee von ihr, sich in der Sauna zu treffen. Es war alles so entspannt, so absolut selbstverständlich gewesen. Hatte sie ihn gemustert? Soweit er sich erinnerte nicht. Beim zweiten Saunagang hatte sich ein Pärchen zu ihnen in die Hütte gesellt. Sie hatte die Frau ziemlich eingehend gemustert, immer mal wieder unverhohlen zu ihr geschaut, meinte er sich zu erinnern. Schon ungewöhnlich.

Eduard wurde allmählich wacher. Sollte er etwas missverstanden haben? Er versuchte sich zu erinnern: Ihr erster Abend, sie wirft ihn hinaus. Nun gut, nicht weiter ungewöhnlich nach dem, was er sich erlaubt hatte. Das zweite Treffen. Eduard wischte die Geschichte mit Saskia schnell beiseite. Charlotte? Wütend weggelaufen. Ihr drittes Treffen: Sie zeigen sich wie zwei alte Kumpane ihre Narben, nicht normal. Sie will plötzlich nach Hause. Ungewöhnlich. Nicht dass er erwartet hätte, sie stürzte sich auf ihn; aber besonders enthusiastisch war es im Grunde auch nicht gewesen. Eher vertraut, geschwisterlich, nicht knisternd. Immerhin wollte sie ihn wiedersehen.

Dann das heute Abend. Wenn er genauer darüber nachdachte, hatte sie ihn förmlich ins Bett geschickt. Waren sie verabredet? Verdammt, sie hatten nichts ausgemacht. Hat sie einfach nur jemanden gebraucht, bei dem sie ihren Kummer abladen konnte? Steht sie etwa auf Frauen? Dann hätte Saskia sie aber doch nicht zu verkuppeln versucht. Oder war er ihr dann doch zu langweilig? Und dann war er auch noch eingeschlafen. In Gegenwart einer schönen, im Grunde nackten Frau. Er fluchte innerlich: ganz toll gemacht.

Eduard verspürte mörderischen Durst, er hatte zwischen den Saunagängen eindeutig zu wenig getrunken. Sein Kühlschrank erfreute ihm mit einer kalten Flasche Mineralwasser. Das Bier übersah er geflissentlich, er hatte schon genug Gekasperl im Hirn. Mit tiefen Zügen leerte er zwei große Gläser Wasser in sich hinein. Dies würde seinem Gehirn unweigerlich zugutekommen, vielleicht ließ es sich dann wieder etwas optimistischer denken.

Sezieren ist eines, der Sache auf den Grund gehen etwas anderes. Er hatte sich zwar Zeit lassen wollen, aber nichts sprach dagegen, Charlotte näherzukommen. Wenigstens so nah, dass jede Reaktion von ihr eine eindeutige Antwort auf seine Frage sein musste.

Morgen war Samstag. Er ging einfach davon aus, dass sie nichts vorhatte. Und wenn nicht morgen, dann übermorgen. Er war fest entschlossen. Er würde sie anrufen und ganz unverfänglich zu einem Spaziergang einladen, in den Wald. Mit diesem befriedigenden Gedanken schleppte er sich ins Bett und schlief sofort ein.

Die überstrapazierten Sinnesorgane, die vielen offenen Fragen: Eduard schlief in dieser Nacht besonders schlecht, wälzte sich unruhig hin und her. Es juckte ihn am ganzen Körper, kaum zum Aushalten. Er schaltete das Licht an und wunderte sich über seine enorm behaarten Arme und Hände. Zog seinen Schlafanzug aus und sah viel mehr Haare als je zuvor. Vielleicht half Rasieren, aber es sah gerade verdammt gut aus, ungemein wild. Schlafen ging gar nicht mehr.

Aufgekratzt lief er aus dem Haus, verspürte keine Kälte, nur einen Bärenhunger. Frisches rosa Schweinefleisch, das wäre jetzt genau das Richtige. Er rannte immer weiter, bis in den nächsten Wald hinein. Irgendwo hier mussten doch die leckeren drei kleinen Schweinchen stecken. Er, Eduard Wolf, würde sie diesmal kriegen, wenigstens dieses eine Mal. Rastlos durchkämmte er den verschneiten Wald, der sich aber bedauerlicherweise als schweinefrei erwies, und traf stattdessen unverhofft auf ein junges Mädchen mit roter Strickmütze. Sicher keine zwölf mehr, immerhin zeichneten sich in ihrem Gesicht schon deutliche Falten ab.

„Hallo Eduard", begrüßte sie ihn freudig überrascht, „ich bin gerade auf dem Weg zu meiner Mutter."

Ede griff sie, biss ihr ins Ohr und wurde immer ungestümer. Warf sie um und ließ sich auf sie fallen. „Wollen wir nicht erst etwas trinken?", fragte das Rotkäppchen. Er schob ihren Pullover hoch und riss ihr die Weinflasche aus der Hand, praktischerweise eine mit Schraubverschluss. Die eine Hälfte vom Wein schüttete er gleich in sich hinein, die andere goss er ihr über den nackten Bauch. Der Schnee ringsum färbte sich blutrot. „Nicht, das geht mir alles zu schnell!" Er leckte Rotwein aus ihrem Bauchnabel. „Schau mal hinter Dir, ein Bär!"

Ede drehte sich um und erschrak über das drei Meter große weiße Tier, das dicht bei ihm stand und ihn missbilligend anstarrte. Oh Gott, jetzt aber schnell weg! Er sprang auf, das Mädchen stand längst auch schon wieder. Sie guckte jetzt ähnlich grimmig wie der Eisbär und trat ihm dann so heftig in den Bauch, dass er das Bewusstsein verlor; er meinte aber noch etwas gehört zu haben wie „mein Schatz, ich finde, wir sollten das nicht übereilen."

Eduard wachte schweißgebadet aus seinem Alptraum auf. Das Haarproblem hatte sich von selbst gelöst, allerdings fühlte er heftige Kopfschmerzen und nicht minder heftige Unterleibsschmerzen. Hatte sie ihm etwa auch noch Steine in den Bauch gefüllt? Nein, so etwas Schlechtes würde sie gewiss nicht tun, obwohl er zugegebenerweise etwas forsch gewesen war. Warum musste er jetzt ausgerechnet an *Malefiz* denken? Die Narbe juckte. Vollends erschöpft schlief er nochmals ein.

Einigermaßen wiederhergestellt wachte Eduard am nächsten Morgen gegen neun Uhr auf.

Spät, dachte er, aber nicht zu spät. Etwas desorientiert starrte er gegen die Decke. Was war gestern? Charlotte war gestern. Mal wieder. Charlotte und der Wolf. Erinnerungsfetzen stiegen hoch. Charlotte mit roter Mütze und roten von der Kälte leuchtenden Wangen. Und er im braunen Pelz, hoch aufgerichtet über ihr, mit haarigen Pranken nach ihr greifend.

Augenblicklich streckte er die Arme Richtung Decke und besah sich seine Hände und Unterarme. Nackt, hinreichend muskulös. Gut, brummte er. Noch etwas benommen von gestrigem Abend, Nacht und Traum, hätte ihn der Anblick von Fellpranken zunächst auch nicht sonderlich geschockt.

Kaffee! Hier, jetzt, reichlich, notfalls intravenös. Charlottes Vortrag fiel ihm ein. Vorvorgestern Abend im *Bahn Thai* hatte sie ausführlich die Vorzüge eines Kaffee-Einlaufs beschrieben. Merkwürdiges Tischthema, das allerdings noch in den Anfang des Abends fiel, den er bereits unter die Rubrik „vollends überdreht" einsortiert hatte. Charlotte hatte die harmlose Plauderei darüber, was man sich zu trinken bestellen wolle, zum Anlass für ihre „Ausführungen" genommen. Er merkte, wie sich bei der Erinnerung augenblicklich die Muskeln in einem bestimmten Bereich seines Körpers gezielt verspannten. Fachtermini wollten ihm ad hoc nicht einfallen. Die Art des Ablebens seiner Klienten hatte es bis dato nicht notwendig gemacht, die standardmäßig oberflächliche Sektion dieser Stelle des Körpers zu vertiefen. Eduard rang seiner Maschine das Äußerste ab. In kürzester Zeit leerte er drei Tassen Kaffee, schwarz.

Bei seinen weiblichen Klienten, ging ihm unwillkürlich durch den Kopf, sah es anders aus. Vor einigen Jahren hatten die Umstände eines Leichenfundes bei einer Person mittleren Alters eine eingehendere Obduktion sinnvoll erscheinen lassen. Was er in dem Körperbereich, der eine Frau eindeutig von einem Mann unterscheiden lässt, vorfand, hatte ihn ein wenig irritiert: zwei Gewürzgurken. Weitere Ermittlungen ergaben, dass die Frau in fröhlicher Runde mit zwei Kumpels einvernehmlich, wie es in Amtssprache so schön heißt, sogenanntes „Gurkenspringen" veranstaltet hatte. Oder die beiden mit ihr, wie man´s nimmt. Der sexuelle Reiz dieses Treibens erschloss sich ihm nicht. Todesursache war plötzlicher Herztod. Kommt vor.

Während er Charlottes Nummer mit zittrigen Fingern wählte – zu viel Kaffee, resümierte er, eindeutig! – inspizierte er den Kühlschrank. Das Telefon orgelte die gedrückte Rufnummer herunter. Eine Salatgurke leuchtete ihm grün und groß entgegen.

„Grieseling" Fast wäre ihm der Hörer aus der Hand gefallen. „Eduard, guten Morgen Charlotte, wie geht es Dir?" Keine Antwort abwartend: „Das Wetter ist so schön." Teufel, was wusste er, wie das Wetter war, er hatte noch gar nicht zum Fenster herausgeschaut.

„Was hältst Du von einem gemeinsamen Spaziergang?" „Guten Morgen, nette Idee. Du holst mich ab? Gegen zwei?" „Okay, bis dann, ich freue mich." „Ich mich auch."

Eduard atmete heftigst ein und schnappte nach Luft. So langsam sollte er vielleicht doch seinen Zigarettenkonsum einschränken oder besser ganz aufhören. Es bekam ihm eindeutig nicht. Dass er während des Telefonates vor Aufregung nicht geatmet hatte, war ihm entgangen. Ein Blick aus dem Fenster beruhigte seinen hüpfenden Puls. Die Sonne schien hinreichend genug, damit das als schönes Wetter gelten konnte. Vergnügt pfeifend schrieb Eduard seine Einkaufsliste, ohne Gurken.

Charlotte drehte sich mit abgewinkelten Armen vor dem Spiegel wie ein Spielzeugkreisel beim Austrudeln. Ich sehe aus wie ein *Michelin-Männchen*. In dem Ding sieht jeder aus wie ein *Michelin-Männchen*, korrigierte sie sich. Eduard hatte von schönem Wetter gesprochen. Nun ja, Männer neigen grundsätzlich zu Übertreibungen. Eduard war da keine Ausnahme. Vielleicht war auch dieser Mantel ein bisschen übertrieben, aber schneetaugliche Kleidung konnte nicht schaden. Sie lächelte verschmitzt.

Kurz vor zwei stand Eduard bei Charlotte vor der Tür und hatte schon die Hand erhoben, um den Klingelknopf zu drücken. „Hallo!" Eduard hätte fast einen Satz nach hinten gemacht, so erschrocken war er. Charlotte stand wie aus dem Erdboden geschossen plötzlich dicht vor ihm und lächelte ihm unbefangen direkt ins Gesicht, umwerfend. Er grinste etwas verlegen, wie er selbst fand, zurück. Genau jetzt hätte er sie küssen können. Er tat es nicht. „Dann woll'n wir mal!", tönte er, schwer um die Wiederherstellung seiner Souveränität bemüht.

Sie gingen nebeneinander in Richtung *Lüstringer Wald*. Eduard hatte seine Hände tief in seinen Manteltaschen vergraben, Charlottes Arme pendelten frei. Schade, dachte sie, wenn er seine Hand draußen gelassen hätte, hätte ich vielleicht einfach danach greifen können, und wir würden Hand in Hand gehen. Im Augenblick stand ihr nicht großartig der Sinn nach Reden. Sie wollte seine Nähe einfach so genießen.

Charlotte war auffallend angenehm schweigsam, stellte Eduard fest. Jedenfalls im Vergleich zum vorvorletzten Abend, als sie zunächst so überdreht gequasselt hatte. Keine Tabletten? Oder zu viele? Er fragte sie nach ihrem Vormittag und setzte dann an, von seinem morgendlichen Einkaufserlebnis zu erzählen. Ein genügend dummes Thema, aber er hatte wirklich etwas zu erzählen. Und eine Frau zum Lachen zu bringen gehörte mit zu den schönsten Dingen, die er sich vorstellen konnte. Nichts natürlich im Vergleich zu der einen schönsten Sache, die er mit Charlotte noch anstellen wollte. Er lächelte leicht.

„Scheint ja ein vergnüglicher Vormittag für Dich gewesen zu sein. Erzähl!"

Und um diese Aufforderung aufmunternd zu unterstreichen, hakte sich Charlotte bei ihm ein. Dieses Tun hatte für Charlotte durchaus einen ganz praktischen Grund: Eduards Schritttempo unter Kontrolle zu bringen. Sie war beileibe nicht unsportlich, aber das Tempo und die Schrittlänge würde sie nicht lange durchhalten. Um durch die Winterlandschaft zu rasen, war sie eindeutig zu warm angezogen. Und es fühlte sich einfach gut an, dachte sie, ihm so nahe zu kommen. Nach und nach passte sich Eduard unmerklich Charlottes Tempo an.

Dann erzählte er sein ungewöhnliches Erlebnis. Während des Einkaufens hatte er ein durch den Laden tapsendes Etwas im weißen Fellkostüm beobachtet, das die Kunden bedrängte, ekliges fettiges Eiskonfekt zu kaufen. Ein unwürdiges Schauspiel, zumal der Mime höchstens einen Meter siebzig groß war. „Interessante Tätigkeit", sprach er ihn an, „sind Sie von einem Weihnachtsmann-Service, ein Student?" „Nein, eigentlich bin ich Arzt", erläuterte ihm der Kleinbär. „Ich habe so eine Art Eisbärenmacke, und meine Therapeutin meint, das müsste ich jetzt ausleben." Eduard entfernte sich zügig aus dem Laden. Was für ein seltsamer Zufall. „Ich bin doch auch Arzt", gab er Charlotte zu bedenken, „und ich muss auch oft an Eisbären denken – seit Silvester!"

Sie sah ihn verwundert an. Eine *ursupolare Persönlichkeitsstörung* infolge der Bowle?

Laut Alfred Brehm hat der Eisbär bekanntlich drei Seiten: die brutale schmutzig-gelbweiße Kreatur in freier Wildbahn, der seines natürlichen Habitats beraubte zivile Artgenosse im Zoo und die stilisierte kuschelige Variante aus Kunstfaser. Hier zeigte sich offenbar eine vierte, bisher noch unerforschte Ausprägung. Hoffentlich legt sich das wieder, dachte Charlotte, und weiter ging es mit dem Winterspaziergang.

Einmal widerfuhr ihr ein kleiner Stolperer. Um sich abzufangen, umfasste sie seinen Arm fest und lehnte ihren Körper gegen seinen Oberarm. Er fühlte ihr Körpergewicht an seiner Seite. Eduard schaute lächelnd zu ihr herunter, Charlotte schaute lächelnd zu ihm hoch. Nicht sehr, denn so groß war ihr Größenunterschied nicht. Aber eben ausreichend.

Die eine oder andere Stelle, die sie auf ihrer Wanderung passierten, nahm Eduard zum Anlass, um ihr Geschichten, Fragmente aus seiner Kindheit zu erzählen. Charlotte hörte ihm gerne zu. Sehr, sehr gerne. Gelegentlich sprang sie neben ihm kurz heftig auf und ab oder trampelte schnell auf der Stelle, um ihre kalten Füße zu erwärmen. Sobald sie damit fertig war, hakte sie sich immer wieder schnell bei ihm ein, wie er zufrieden feststellte. Eigentlich hätte er sie gerne bei der Hand genommen. Aber irgendwie war sie immer schneller.

Nach einiger Zeit des Erzählens und des einvernehmlichen Schweigens, in der jeder seinen Gedanken nachging, waren sie auf einer kleinen Waldlichtung angekommen. Um sie herum hing der Schnee schwer in den Zweigen. Hier und da gaben Tannenzweige auf, ließen ihre schwere Last heruntergleiten und wippten wieder nach oben. Der Schnee brach sich in darunter liegenden Zweigen, feine Schneewolken wirbelten hoch. Die Hände tief in seinen Manteltaschen vergraben, blieb Eduard mit hochgezogenen Schultern unvermittelt stehen und wandte sich Charlotte zu. „So, hier wären wir", sagte er ruhig.

Charlotte blieb ebenfalls stehen. Aha, dachte sie etwas verständnislos, sagte aber nichts. In diesem Moment war sie sich absolut sicher, dass nichts besser sein konnte, als jetzt zu schweigen. So standen sie sich eine Weile gegenüber und schauten sich stumm an. Sie lachten sich nicht an, sie strahlten sich nicht an, keine Verlegenheit. Sie schauten einander einfach in die Augen, als sei dies das Sinnvollste, was jeder von beiden zu diesem Zeitpunkt hätte tun können. Einfach so. Ihre Blicken hingen sich aneinander auf, und Charlotte bemerkte nicht einmal ihre kalten Füße. Und einfach so beugte Eduard sich schließlich vor und küsste sie zärtlich.

Auf die Stirn. Eduard küsste sie auf die Stirn! Charlotte regte sich nicht. Als hätte jemand ganz einfach ihren Aus-Knopf gedrückt. Irgendwo in ihrem vernebelten Hirn, ganz hinten, formierte sich langsam, immer deutlicher werdend eine Frage: auf die Stirn?

Und als sie ihren Mund dann öffnete, um etwas zu sagen – was, wusste sie nicht – hinderte Eduard sie, unmissverständlich. Ihr Gehirn setzte aus. Völlig. Stille, Rauschen. Sein Mund auf ihrem. Zunächst warmweich, dann schwer und verlangend. Eduard war noch einen Schritt dichter an sie herangetreten, hatte sie nach dem Kuss auf die Stirn bei den Schultern gepackt und sie auf den Mund geküsst. Und jetzt küsste Charlotte ihn – und wie! So küsst keine Frau, die …

Er merkte, wie etwas unter seinen Füßen wegsackte. Nicht viel, aber ausreichend, um trotz wild rudernder langer Arme das Gleichgewicht zu verlieren und zu stürzen. Mit ihm Charlotte. Eduard öffnet die Augen. Neben ihm lag etwas. Groß und weiß. Nein, kein Eisbär. Stöhnend schloss er die Augen. Charlotte japste, schnappte nach Luft und lachte. Beide lachten und lagen einfach weiter nebeneinander, mitten im Schnee.

Romantisch hin oder her, irgendwann wurde es zu kalt. Und da es kaum über null Grad war, ließ diese Feststellung, von beiden nahezu gleichzeitig getroffen, nicht lange auf sich warten. Das Hochrappeln gelang angesichts des Untergrundes und auch vielleicht des Alters nicht ganz so behände, wie es sich beide gewünscht hätten. Eduard war etwas schneller als Charlotte und konnte ihr so seine Hand anbieten, um sie auf dem letzten Stück Richtung totaler Vertikaler zu unterstützen. Wie selbstverständlich blieb ihre Hand dann in seiner, als sie den Heimweg antraten. Auch wenn sie nichts anderes taten, als genau denselben Weg, den sie gekommen waren, zurückzugehen, so kam es ihnen beiden vor, als wäre dies ein ganz neuer Weg.

Sie redeten nicht viel; jeder war für sich in seine Gedanken versunken, die einander glichen wie ein Ei dem anderen. Hätte ein jeder in den Kopf des anderen schauen können, er hätte den anderen für den eigenen gehalten. Und jetzt? Was kam jetzt? Nicht rütteln und nicht schütteln, keine falsche Bewegung; nichts tun, was irgendwas – was auch immer – was jetzt gerade war, blöd werden lassen könnte. So viel war klar.

Dinge, die funktionieren, müssen nicht geändert werden – einer der Leitsätze seiner Mutter. Vermutlich würde sie Eduards praktische Umsetzung nicht billigen, so weit dachte er aber im Augenblick nicht. Eduard stoppte noch zweimal abrupt, sagte lächelnd „da wären wir also", packte Charlotte – beim ersten Mal noch leicht gehemmt – am Kragen und küsste sie auf den Mund.

Bei ersten Mal noch leicht überrascht, eher vom Gesagten als vom Getanen, war sie beim zweiten Mal die Schnellere. Ihre Lippen trafen auf seine, bevor er seinen Spruch zu Ende gebracht hatte. Ihr Kuss traf nicht nur seinen Mund, sondern bahnte sich weiter über die Nervenleiter rasch seinen Weg zu seinem Unterbauch und tiefer. Tiefe Vorfreude überkam ihn. „Noch nicht!", schrie sein Gehirn in Richtung Bauch. „Aber bald", grölte es aus dem Unterbauch zurück.

Charlotte ging es nicht anders. Schon beim ersten Kuss in die Knie gegangen – eigentlich ganz, sonst hätte Eduard nicht das Gleichgewicht verloren – flitzten beim zweiten Kuss kleine lodernde Flammen zwischen Mund und Bauch hin und her und schossen gelegentlich in Höhe des Brustbeins mal nach rechts, mal nach links.

Und weil sie ganz sicher gehen wollte, dass auch der dritte Kuss seinen Weg fand, wartete sie gar nicht ab, bis Eduard, der sie zum dritten Mal ziemlich bestimmend am Kragen packte, etwas sagen konnte.

Zufrieden grinsend standen sie dann irgendwann mit einbrechender Dunkelheit vor Charlottes Haustür. Sie stupste mit ihrer Schulter gegen seinen Arm. „Komm", sagte sie einfach und zog Eduard mit sich.

Im gegenüberliegenden Haus, so schien es ihr, hatte sich hinter einem der Fenster leicht eine Gardine bewegt.

Eduard saß mit hängenden Schultern da. Sein Gesicht verriet Erleichterung.

Wie konnte er sicher sein, dass das, was er tun wollte, das Richtige war? Er wollte nichts falsch machen. Hing alles davon ab, ob das, was er tat, dem entsprach, was sie erwartete? Oder war es das gar nicht? Oder müsste es ihm wichtig sein, dass sie sein Tempo mitgehen würde? Was war richtig? Der Spiralnebel. Der stille Ort. Eduard mochte im Augenblick diese Stille. Er stand auf, zog sich die Hose hoch und drückte die Spülung.

In der Wohnung angekommen, hatten sie sich zuvor schnell von allem befreit, was an die Kälte draußen erinnerte. Charlotte hatte einen Eimer voll Tee gekocht. Sie ließen sich voreinander im Schneidersitz auf dem Teppich nieder, umklammerten schlürfend ihre dampfenden Teeschalen, schauten einander an und erzählten sich mehr oder weniger belangloses Zeug. Sobald die Schalen leer waren, schenkte Charlotte nach. Zu Beginn ihres Tee-Ins war Eduard zunächst etwas unwohl gewesen, als er sah, wie sich Charlotte stehenderweise quasi in den Schneidersitz schlängelte. Er hatte es aufmerksam genug beobachtet, um es ihr in fast gleicher Weise, aber etwas steifer nachzumachen. Mit der Frage, wie er aus der Position je wieder aufstehen sollte, wagte er sich zu dem Zeitpunkt nicht zu beschäftigen. Die Menge an Tee, die sie in kurzer Zeit tranken, machte das allerdings schneller notwendig, als es ihm lieb war. Es kam, was zwangsläufig kommen musste, Eduard musste mal.

Charlotte indes war nicht entgangen, dass er sie sehr aufmerksam beobachtet hatte, als sie sich auf dem Teppich niedergelassen hatte. Die Konzentration in seinem Gesichtsausdruck, mit der er es ihr gleichtat, ließ sie vermuten, dass er Schwierigkeiten mit dem Aufstehen haben würde. Ebenso bemerkte sie die Unruhe, die sich nach einiger Zeit in seinem Gesicht andeutete. Er rutschte, soweit ihm dies seine Sitzposition gestattete, etwas hin und her und ließ seinen Blick rastlos durch den Raum wandern.

„Komm, ich zeige Dir, wo die Toilette ist." Charlotte stand fast im Zeitlupentempo auf, und zum zweiten Mal an diesem Tag streckte sie ihm ihre Hand entgegen.

Er ließ sich scheinbar, aber eben nur scheinbar von ihr hochziehen. "Dann zeige mir mal das Bad." „Das hätte ich besser schon Silvester getan", rutschte es ihr heraus. Eduard biss innerlich die Zähne zusammen. „Och, jetzt schau nicht wie ein erschossenes Huhn!", reagierte Charlotte etwas betreten, „war ja auch meine Schuld."

Er fletschte die Zähne, starrte sie bitterböse an, riss sie grob an sich und machte sich über sie her.

So jedenfalls lief der Film in seinem Kopf ab. Äußerlich war es beim Zähnefletschen geblieben; zumindest bei etwas, was man ansatzweise so nennen konnte. Und auch wenn er inzwischen erheblichen Druck auf der Blase hatte, nahm er sich noch die Zeit und küsste sie leicht. „Ja, das wäre sicherlich sinnvoll gewesen", gab er zu und strich ihr über das Haar.

Unter Eduards Blick hatte sich Charlottes Magen überraschend kurzerhand zu einer kitzelnden weichen Masse zusammengezogen. Sie schluckte, ihre Augen glühten. Sie streckte sie sich auf dem Teppich so lang, wie sie nur eben konnte, aus. Auch wenn es ihr eigentlich zu schnell ging, hatte sie das Gefühl, dass das Tier in ihr ihr vermutlich keine Wahl lassen würde. Sie lächelte.

Charlotte hatte ihm das Bad gezeigt. Dort hatte er sich also mit der Frage tun oder nicht tun beschäftigt, und erst als er für sich eine Antwort gefunden hatte, kam er wieder heraus. Eduard legte sich auf die Seite neben sie; seinen Kopf stützte er auf, so dass er sie ansehen konnte. Die andere Hand vorsichtig auf ihren Bauch legend, streichelte er sie mit seinem Daumen. „Was hältst Du davon, wenn Du morgen zu mir zum Frühstücken kommst?"

Charlotte fand das zwar ein bisschen komisch, war aber nicht in der Stimmung, um weiter darüber nachzudenken. „Das ist eine sehr gute Idee." Nicht dass sie das tatsächlich dachte, aber sie sagte es. Sie schlang ihre Arme um Eduards Hals, zog ihn zu sich herunter und küsste ihn hingebungsvoll. Eduards Mund wanderte irgendwann zu ihrem Hals. Sie spürte, wie sich das Tier in ihr langsam sprungbereit machte.

„Dann also bis morgen früh." Eduard hatte von ihrem Hals gelassen und strahlte sie an. Es fühlte sich gut und richtig an, deshalb strahlte er so. Und ehe

Charlotte sich versah, standen sie an der Wohnungstür. Er verabschiedete sich mit Kuss, immerhin, und die Tür ging zu. Hinter der Tür stand eine verwunderte Charlotte, auf der anderen Seite ein wie so oft unentschlossener Eduard.

Im Leben vieler anderer Frauen wäre dies jetzt der Zeitpunkt, wo voller Verzweiflung die beste Freundin angerufen würde, um das Wieso, Weshalb, Warum zu diskutieren. Nicht so bei Charlotte. Charlotte wunderte sich einfach nur, und da es an dem Tag genügend Momente zur Verwunderung gab, war es ihr im Grunde egal, worüber sie sich in dem Augenblick wunderte.

Sie wunderte sich nicht mehr, als sie durch lautes Donnern an der Tür zusammenzuckte. Sie riss die Tür auf. Vor ihr stand Eduard mit unmissverständlichem Blick. Und das, was er dann mit Charlotte machte, war nicht Teil seines Kopfkinos. Das war real.

Und danach? Sie hatten sich noch einmal tief und innig geküsst, und schließlich waren ihre Bewegungen langsam verebbt; beide lagen nun bewegungslos. Sie, weil er noch immer halb auf ihr ruhte; zum Glück bekam sie ausreichend Luft. Er, weil ... ja, warum? Ein wenig verblüfft vernahm sie bald ein leises gleichmäßiges Geräusch: Er war auf ihr eingeschlafen. Vermutlich wäre manche Frau jetzt beleidigt; nicht so Charlotte, sie fand es nur konsequent. Schon damals in der Sauna war er ihr auf ähnliche Weise entglitten.

Charlotte grinste: Der Wolf schien schachmatt. Vorsichtig versuchte sie sich unter ihm hervorzuzwängen und schaffte es zumindest, ihren linken Arm freizubekommen. Mit den Fingerspitzen der Hand strich sie halsabwärts über seine Schulter und malte zärtlich die sich abzeichnenden Konturen nach. Sein Gesicht lag von ihr weggedreht.

Eigentlich war sie froh über das Schweigen; sie hoffte dennoch inständig, sein komatöser Zustand würde nicht allzu lange andauern, denn mit der Rückkehr ihrer Sinneswahrnehmungen wurde die Last auf ihr von Sekunde zu Sekunde spürbarer. Wecken wollte sie ihn eigentlich nicht. Nachher war es ihm noch peinlich.

Der Moment würde kommen, wo sie wieder miteinander sprachen.

Der magische Moment, wo man etwas sagen sollte. Vermutlich: Das war schön.

Mit diesem Moment, gestand sie sich ein, konnte sie nicht gut umgehen. Nicht dass sie allzu oft in die Verlegenheit des ersten Mals gekommen war, aber trotzdem. Der einfachste Ausweg: Mann, hab´ ich Durst und dann locker von dort aufspringen, wo man sich gerade befand. Völlig cool und unverfänglich. So entfiel dann die Notwendigkeit für peinliches sich etwas sagen müssen, für Qualitätsbekundungen oder gar Gefühlsäußerungen. Schade, fand sie, dass sie sich so schwer damit tat.

Trotz Kuschelteppichs spürte sie ihren Rücken bei jeder noch so geringen Bewegung. Charlotte starrte an die Decke und lenkte sich dadurch ab, Spinnfäden in den Zimmerecken zu entdecken; eine von ihr bis zur Perfektion trainierte Fähigkeit.

Und dann spürte sie noch etwas: Eduard lag so ungünstig auf ihrem Unterleib, dass der Druck ein Bedürfnis zu wecken begann.

Es ließ sich also doch nicht vermeiden, sich jetzt mit aller Kraft dem Liebhaber zu entwinden. Sie rappelte sich auf und schlich die ersten Meter Richtung Badezimmer; sehr darauf bedacht, ihn nicht zu stören. Vergebens: Schon nach wenigen Sekunden bemerkte sie, dass er offenbar längst aufgewacht war, denn jetzt folgte er ihr ins Bad. Sie fand das höchst ungewöhnlich, aber es war heute schon vieles ungewöhnlich, und es hatte ihr gutgetan, das alles zuzulassen. Also sich umdrehen, ihn anlächeln und den weiteren Weg gemeinsam zurücklegen. Ohne weiteres Denken, ohne Sprechen. Einfach so.

Aus dem Bad ging es gemeinsam zum Kühlschrank in der dunklen Küche. Im Schein der Schrankbeleuchtung sah sie einen großen nackten Mann, der sie mit fiebrigen Augen anschaute und ihr eine Flasche Wasser entgegenstreckte. Seine Hitze war seinem Körper noch immer anzusehen: Kleine Schweißperlen glitzerten, flossen über seine breite Brust und verschwanden im Dickicht seines „Bauchfells". Charlotte nahm die Flasche und trank. Es konnte alles so einfach sein.

Charlotte Grieseling wachte gut ausgeschlafen und gutgelaunt auf und begann den heutigen Tag gleich damit, sich ausführlichst über den Verlauf des vergangenen zu wundern.

Das war gut gewesen – richtig gut. Es war so gewesen, wie sie sich das besser kaum hätte vorstellen können – befreiend. Und schon gar nicht hätte sie etwas so Spontan-Animalisches dem scheinbar zögerlichen Eduard zugetraut. Bereits wie er sie während der Wanderung am Kragen gepackt hatte, war verblüffend: wilde Entschlossenheit und offenbar Bärenkräfte.

Wo war eigentlich ihr Verstand gewesen? Sie hatte sich doch vorgenommen, vorab mal Grundsätzliches zu klären, vielleicht einen Gesundheitstest vorzuschlagen. Und jetzt das! Gut so, sagte ihr Bauchgefühl. Punktsieg Bauch über Verstand. Kam nicht oft bei ihr vor, aber es häufte sich.

Eduard ließ sie hinein und lächelte sie an. Er sagte nicht viel, sein gesamtes Auftreten ließ auf eine gewisse Unsicherheit schließen: War das gestern wohl in Ordnung wesen? Er konnte es unmöglich wissen; vielleicht hatte sie ja nur gute Miene zum wilden Spiel gemacht, vielleicht bereute sie es bereits. Sein Rotkäppchentraum hätte ihm Warnung sein können, wohl Warnung sein müssen. War er aber nicht.

Diese Seite von ihm hatte sie also unerwartet früh kennengelernt; heute könnte er ihr zeigen, dass er noch ganz andere Seiten hat. Eduard war bestimmt nicht Ede Wolf. Außer vielleicht manchmal.

Wer jetzt einen üppig gedeckten Frühstückstisch erwartet hätte, wäre maßlos enttäuscht gewesen. Charlotte allerdings hatte keine solchen Erwartungen. Eine liebenswert verspielte Unordnung in seiner Wohnung, Staub in allen toten Winkeln des Staubtuches – nicht ihre Angelegenheit, sie hatte ja keinen Erziehungsauftrag.

Mitten auf dem Wohnzimmerfußboden lag ein großes Schaffell, das war neu für sie. Daneben standen ein paar Schüsseln mit Obst, ein einzelnes Trinkglas und ein Krug mit Wasser. Umkehr-osmose-behandelt und aktivkohle-filter-gereinigt, wie sie später erfuhr. Auf unmäßigen Kaffee- oder Teekonsum mit den bekannten Nebenwirkungen konnte man gut verzichten, die zuletzt arg geschundene Kaffeemaschine bekam ein wenig Zeit zur Erholung. Puristisches Frühstück, reinstes Wasser; nichts was ablenkte, nicht mal Tassen oder Teller.

Sie entkleideten sich langsam gegenseitig, legten sich nebeneinander auf das Fell und fütterten sich mit Weintrauben, neckten sich, alberten ein wenig herum. Wie damals in der Sauna: alles selbstverständlich, unbefangen. Nach all den Missgeschicken und Peinlichkeiten der ersten Treffen für ihn immer noch ein kleines Wunder.

Er legte zwei Kissen unter sie, so dass sie ausgestreckt und ganz entspannt auf dem Rücken lag. Sie tat das gerne, wollte sich überraschen lassen, vertraute ihm. Eine Portion Mango für beide, und dann begann er sich sehr lange und sehr behutsam mit ihr zu beschäftigen. Früher wäre ihm das wegen seiner Ungeduld lästig gewesen, doch jetzt genoss er genau das; ahnend, dass sich dieses Verwöhnen womöglich stundenlang hinziehen konnte, dass es dabei keine zeitlichen oder sonstigen Grenzen gab. Er liebkoste zunächst ein Ohr, dann Nacken und Hals. Dann die straffe Haut, welche Schlüsselbeine und Beckenknochen überspannt, selbstverständlich den Bauch, viel später den Mund, irgendwann: alles. Er spürte ihren Erregungszustand sehr genau und ließ es sich nicht nehmen, sich ganz unbefangen anzuschauen, was sich da tat. Wie irgendwann Flüssiges den ihm vertrauten Weg nahm. Er ließ sie dann, von Zunge zu Zunge übertragen, davon probieren. Ihr gefiel das, Test bestanden.

Ganz dem Element Wasser verbunden, hatte er eine besondere Beziehung zu Flüssigkeiten, zu ihrer Symbolik und den Sensationen, die sie auf der Haut und an so vielen Stellen auslösten. Eine Frau, die er kannte, genoss das Streicheln mit einer Feder; so sensibel, wie Charlotte auf Berührungen reagierte, konnte man sie sicher mit einer Perlenkette dem Wahnsinn nahe bringen. Unwahrscheinlich, dass sie eine besaß; das ließe sich ändern.

Aber Flüssigkeiten waren anders, für ihn noch intensiver. Es war eine Offenbarung, dass seine neue Partnerin, obwohl Erdzeichen, sich dem auch hingeben konnte. Sie hatte ihm gerade angedeutet, welchen

Anteil Saskias Erfahrungsberichte daran hatten; Saskia, diese besonders erotische Vertreterin des wohl erotischsten aller Wasserzeichen. Den ungezwungenen Umgang mit Körperflüssigkeiten empfand er als eine Art Gradmesser für Hingabe und Vertrautheit. Mit seiner langjährigen früheren Freundin war das stets eine möglichst zu vermeidende Peinlichkeit, für ihn etwas Elementares, sein Element. Er hatte einmal nachgezählt und kam tatsächlich bis zehn. Was ihm als erstes dazu einfiel: in Momenten von Tiefenentspannung und Glück den eigenen Tränenfluss zu spüren und ihn dann mittels Augenkontakt zu teilen; nicht gerade naheliegend, aber für ihn unvergleichlich. *Panta rhei.*

Und dann, als sie es so wollte, wurde es doch noch handfest und heftig. Den Kontrollverlust zulassen; sich trauen, sich im richtigen Moment in die Augen zu schauen: Mit Charlotte war es möglich. Mit Charlotte schien gerade alles möglich.

Den Eisbären streicheln; er fühlte sich so gut an, lastete aber schwer auf ihm. *Petite mort*, dann Erwachen aus einer Art Umnachtung. Schnell wurde ihm klar: kein Bär, sondern unter ihm das Schaffell, über ihm Charlotte. *Reste sur moi.* Was er sich vor ein paar Tagen nach dreimal fünfzehn Minuten infernalischer Hitze erträumt hatte, war Wirklichkeit geworden. Sie schauten sich an, sagten nichts. Er sah ihr an, wie glücklich sie gerade war. Eine Träne; aber nur bei ihm, nicht bei ihr: Er wusste, was damit zu tun war. Der Wolf hatte heute Pause. Jetzt kannte sie ihn.

Charlotte war ergriffen von der Hingabe, mit der er sich um sie gekümmert hatte, von diesem bislang noch nicht erlebten Gefühl des Einsseins und diesem besonderen Augenkontakt.

Glückshormone aus kontrolliert-biologischer Erzeugung statt aus der Welt der *Diazepine*; jener Welt, die einfache Lösungen versprach, sich aber immer falsch angefühlt hatte.

Noch mehr als ihm galt ihre Begeisterung ihr selbst: es endlich zulassen können, sich fallenlassen können und schließlich auch noch selbst die Initiative ergreifen. Ging es noch besser? Sie ahnte, dass es noch besser sein könnte. Es fehlte etwas, doch so weit war sie noch längst nicht. Und deshalb war alles gut so, wie es gerade war.

Ein leiser, zärtlicher Abschied, aber nicht für lange. Gegen Abend würde sie ihn abholen, denn es stand noch ein Wiedersehen an: Ihre beste Freundin, mit der sie seit geraumer Zeit wieder einigermaßen im Reinen war, hatte die beiden zum Abendessen eingeladen – ohne weitere Erläuterungen und ohne besonderen Anlass.

Eduard war davon gar nicht begeistert, willigte aber schließlich ein. Nach längerem Zögern hatte Charlotte dann zugesagt. Warum auch nicht? Zu viert konnte eigentlich nichts schiefgehen, und den Gatten wollte sie schon immer einmal kennenlernen. War er so, wie sie sich ihn in ihren Fantasien so manches Mal vorgestellt hatte? Oder war er vielleicht doch ganz normal?

Rainer war kleiner. Kleiner als Charlotte, etwas übergewichtig und auch sonst für sie äußerlich wenig anziehend.

Vom Typ eher Koala-Bär als Wolf. Ein „Bauchfell" wie Eduard hatte er sicherlich nicht, dafür aber auch keine Haare auf den Zähnen wie sie selbst. Wie immer, wenn sie sich schwertat, mit jemandem ins Gespräch zu kommen, studierte sie zunächst ausgiebig die in der Wohnung zur Schau gestellten Bücher. Und da gab es bei Rainer einiges zu bestaunen und anzusprechen. Sie wusste: Siebzehn Jahre älter als seine Frau war er, von Beruf Gymnasiallehrer für Kunst und längst im Ruhestand. Wie die beiden sich kennengelernt hatten, wusste sie nicht; ebenso wenig was die Freundin an ihm fand – Saskia war immerhin deutlich attraktiver als sie, das passte nicht so recht zusammen.

Abgesehen vom Äußeren sprach einiges für Rainer: ein freundlicher und aufmerksamer, witziger und unterhaltsamer Gesprächspartner, der seiner Frau wohl immer jeden Wunsch von den Lippen abgelesen hatte. Ausgedehntes Verreisen, Ferienhaus in Italien, Leben im Überfluss, eine üppige Erbschaft schon in jungen Jahren. Das dürfte es sein, was Saskia an ihm fand und an ihn band – sie gönnte es ihr.

Seltsam, dass sie ihn erst jetzt kennenlernte. Man musste wohl einen Partner vorweisen können, um bei gewissen Paaren eingeladen zu werden. Ohnehin in gehobener Stimmung, gefiel es Charlotte hier und jetzt richtig gut, und mit Rainer verstand sie sich bislang hervorragend. So prächtig, dass sich Saskia alle paar Minuten zwischen die beiden schob und ihren Gatten liebevoll umarmend in Beschlag nahm – es war schön, das anzusehen. Die Beziehungsverhältnisse schienen geklärt, und alles hatte sich entspannt. Jetzt, wo sie und Eduard ... Was war eigentlich mit Eduard? Außer einer sparsamen Begrüßung der Gastgeber hatte sie von ihm in dieser ersten halben Stunde noch nicht allzu viel gehört.

Was soll das hier alles? Was will Saskia, die doch jeden haben könnte, von so einem gefühlt eine Generation älteren Mann? Und vor allem: Was sollte er hier? In einer völlig überdimensionierten Wohnung, angefüllt mit Demonstrationsobjekten für Bildung und Protz. Bei ihm zuhause war es gemütlich und klein, bei Charlotte groß und geordnet, und hier bedrückte ihn das zu Üppige und Überladene. Es war für ihn abstoßend, wenn jemand seinen Wohlstand derart heraushängen ließ. Aber seine Freundin schien sich ja mit diesem Lustgreis bestens zu amüsieren.

Man setzte sich an den standesgemäßen Esszimmertisch, und Saskia pries diverse, in normalen Sphären nie und nimmer gekannte Getränke an, etwa einen steinalten *Primitivo*, gekeltert aus in apulischen Grotten gereiften Trauben, mit einzigartig maritimem Bouquet und ... An dieser Stelle unterbrach Eduard sie rüde und ignorierte ihr Geschwurbel: „Was gibt es denn zu trinken? *Champagner*?“ Nein, bedauerte sie, der sei für diesen Abend nicht vorgesehen. „Ich könnte uns *Champagner* vom Lieferservice *Amore mio* kommen lassen. Wirklich sehr zu empfehlen. Erdnüsse und Kondome gibt es gratis mit dazu, kann ja nicht schaden." Rainer hielt das anscheinend für einen gelungenen Scherz, Charlotte blickte ratlos; und Saskia, die als einzige den Hintersinn verstehen musste, lächelte milde.

Nach ausgedehntem trink- und essbarem Vorspiel servierte der Gastgeber endlich das Hauptgericht: *Cevapcici*. *Cevapcici*! Oder Tschewaptschitschi, wie Rudi zu sagen pflegte, wenn er die Dinger tütenweise auf seinen versifften Grill schüttete. Damals war das immer lustig und lecker gewesen, hier allerdings wirkte es ausgesprochen deplatziert. „Oh, *Cevapcici*, das kroatische Nationalgericht!", scheinfreute sich Eduard. „Ja, genau", pflichtete ihm Rainer fröhlich bei und schien damit gleich in die ihm gestellte Falle getappt zu sein – welch ein ahnungsloser Schnösel. Aber dann erläuterte der Schnösel seinem Gast, dass es sich in Wirklichkeit um *Mucca cotta*, um pochiertes sardisches Rindertartar handelte. Eduard merkte, dass er in seiner boshaften Überheblichkeit den Bogen überspannt hatte: Sein Kontrahent mochte ein versnobter Spinner sein, aber ein ebenso stilvoller wie gebildeter. Eduard war sicherlich auch gebildet, aber nicht annähernd so stilvoll.

Die beiden unterhielten sich dann doch noch einigermaßen gut miteinander, vor allem über des Gastes Lieblingsthemen: mediterrane Länder und deren

Sprachen und Kultur. Rainer konnte immerhin Italienisch, das verband. Die beiden Frauen fühlten sich schon länger fehl am Platz und wechselten einem uralten weiblichen Instinkt folgend ins Bad.

Dort präsentierte Saskia voller Stolz ihre neueste Anschaffung: ein wahrlich atemberaubendes Tattoo an einer Stelle, die man nun wirklich nicht jedem zeigt. Ein handgroßer Schmetterling, in dessen Mitte sich privateste Körperteile kunstvoll einfügten und im Farbenspiel versteckten. Mimikry, die einen dazu verführte, sehr genau hinzuschauen.

Charlotte war beeindruckt, auch wenn sie sich niemals etwas durchstechen oder aufmalen lassen würde, schon gar nicht so etwas. Dann umarmte und küsste Saskia sie in einer Weise, die ihr neu war – und sie hatten sie schon so manches Mal umarmt und geküsst.

Die gemeinsame Zeit zu viert näherte sich langsam ihrem Ende, zum Abschied gab es von Saskia für ihren Ede noch eine wirklich freundschaftliche Verabschiedung. „Ich freue mich so, dass Du hier warst. Hoffentlich sehen uns bald mal wieder." Sie hätte sich ihm an diesem Abend liebend gerne noch weitaus inniger angenähert. Und Eduard – auch wenn er sich das nicht so recht eingestehen wollte – ebenso. Aber in dieser Runde ging das nun wirklich nicht. Sich mit einem weiblichen Gast für eine Weile zum Schminken ins Bad zurückzuziehen war für solche Zwecke ein guter Vorwand. Aber mit einem männlichen Gast funktionierte das definitiv nicht.

„Was war los mit Dir?", stellte sie ihn vorsichtig zur Rede, sobald sie auf dem Heimweg waren. Charlotte bemühte sich, ihren leichten Ärger zu unterdrücken, und wollte ihn auf keinen Fall zurechtweisen; denn wenn sie damit anfing, übertrieb sie das allzu oft.

Er schilderte seine Eindrücke und erklärte ihr einiges, etwa den Hintergrund von *Amore mio*, damals mit Saskia in seiner Wohnung. Nun verstand sie ihn zumindest ein wenig.

„Es war alles verlogen, alles reine Fassade. Saskia ist bestimmt hinter allen möglichen Typen her, aber nicht hinter dem. Sie nutzt ihn doch nur aus."

Charlotte fand, dass er gehörig übertrieb, und beschrieb ihm, was ihr alles gut gefallen hatte. Er musste zugeben: Es war wirklich ungemein lecker, Saskia an diesem Abend absolut korrekt und Rainer ein sehr netter Mensch. Also alles wieder gut? Vielleicht, aber sein ungutes Gefühl hinsichtlich Saskia blieb.

Was für ein mit ungewöhnlichen Ereignissen überladener Sonntag, der mit purem Wasser begann, so vieles fließen ließ und schließlich mit Rainers Lieblingsflüssigkeit *Grappa* ausklang. Als die beiden sich voneinander verabschiedeten, waren sie am Limit ihrer mentalen und gastrointestinalen Aufnahmefähigkeit.

Zum Ausgleich konnte man es morgen ganz ruhig angehen lassen. Nach diesem opulenten Essen zum Frühstück am besten nichts als Kaffee, natürlich jeder auf seine eigene bewährte Weise. Charlotte hatte außer Yoga und Entspannung nichts weiter im Programm, und Eduard wollte es beim berufsbedingten Dahinschnippeln belassen. Es gab so eine Ahnung, die ihn umtrieb: Was würde wohl an diesem Montag passieren, ohne dass es auf der Tagesordnung stand?

Schon am nächsten Tag stand sie vor der Tür, holte einmal tief Luft und klingelte.

Diesmal war alles anders als damals, als sie Eduard auf seinem Sofa verführen wollte: keine Schminke, kein Parfüm, kein roter BH; nichts als die allernotwendigsten beiden Kleidungsstücke. Selbst Saskia war jetzt aufgeregt, aber sie glaubte zu wissen, was sie da tat, und wusste, warum sie es genau jetzt tat. In dem Bewusstsein, dass sie auf bestimmte Menschen unwiderstehlich wirkte und man ihr dann so etwas wider alle Vernunft nicht übelnehmen konnte. Selbst nicht vor dem Hintergrund, dass sie in der Beziehung der beiden schon einiges Unheil angerichtet hatte und es zweifellos maximal unverfroren war, jetzt nochmals unangekündigt aufzutauchen.

Ein überraschtes, verstörtes Hallo, ein gegenseitiges sich tiefst in die Augen Blicken und dann ein sehr langes inniges Umarmen. Es war kein übereinander Herfallen, aber sie entkleideten sich noch im Flur stehend gegenseitig, schmiegten sich aneinander und genossen es wortlos. Eine so ungewöhnliche Anziehungskraft, die jeden Hauch von Rationalität außen vor ließ. Als hätte sie gewusst, was vorgestern zwischen Eduard und Charlotte abgelaufen war: Das hier war sehr, sehr ähnlich, aber noch deutlich intensiver. Ein paar Minuten lang nichts als Ekstase; und auch danach, im Zustand absoluter Entspannung, kein schlechtes Gefühl, kein unangenehmer Gedanke.

Es konnte einfach nicht wahr sein, aber es war passiert, und es ließ sich, das war beiden klar, auch für die Zukunft nicht ausschließen, vielleicht niemals mehr. Saskia ging so unvermittelt, wie sie gekommen beziehungsweise erschienen war und hinterließ jemanden restlos entrückt und verwirrt. Eine einzigartige Erfahrung, über die sich auch im Nachhinein jedes Sprechen erübrigte, vielleicht sogar verbot. *Panta rhei* hätte Eduard in seiner Gewohnheit, scheinbar kluge Zitate einzustreuen, dazu gesagt. Aber Charlotte dachte jetzt gerade nicht im Traum daran, ihm von dieser Begegnung zu erzählen.

Laut Alfred Kinsey hat die Sexualität bekanntlich drei Seiten, und die interessanteste davon hatte Charlotte gerade ganz unverhofft kennengelernt. Wieder allein, ließ sie sich reichlich erschöpft auf den flauschigen Teppich in ihrem Wohnzimmer sinken, auf dem sie vor allem im Winter einen großen Teil des Tages verbrachte. Das Bett war nur zum Schlafen da, der Teppich in Verbindung mit ein paar Kissen für jegliche häusliche Freizeitgestaltung und Gesundheitspflege optimal. Genüsslich streckte sie sich und dachte ganz in Ruhe über das Geschehene nach.

Warum hatte sie das getan? Gut, mit Männern hatte sie so ihre Probleme, aber Frauen waren in der Hinsicht für sie nie interessant gewesen. Bis sie Saskia kennenlernte. Die beiden Freundinnen waren sich in den vergangenen zwei Jahren immer näher gekommen, und anlässlich jeder Verabschiedung gab es in letzter Zeit ausgedehnte Zärtlichkeiten, was Charlotte sehr, sehr gut gefiel und bisher unbekannte Gefühle in ihr freisetzte. Aber es war für sie nicht absehbar gewesen, dass daraus einmal mehr werden könnte. Selbstverständlich sah Charlotte es so, dass es völlig in Ordnung war, wenn sich zwei Frauen miteinander vergnügten. Es war für sie überhaupt alles in Ordnung, was logisch, vernünftig oder gesundheitsfördernd war. Das alles sollte man tun und auch offen darüber sprechen, außer vielleicht mit Mutter. Spießbürgerliche Moral war ihr völlig fremd; moralisch war für sie, was sich gut anfühlte und niemandem Schaden zufügte.

Hatte sie sich, hatte sie Eduard damit Schaden zugefügt? Sicher nicht, aber es würde ihn vielleicht verletzen, wenn er davon erführe. Seltsam, dass sie erst jetzt bemerkte, in welchen Gewissenskonflikt sie sich gebracht hatte. Ihm es irgendwann erzählen: heikel. Es auf Dauer zu verheimlich würde ihr aber nicht guttun, und zudem bestand ja noch die Möglichkeit, dass Saskia es ihm eines Tages verriet. Keine Lösung erkennbar, sie musste ihre Entscheidung wohl aufschieben. Oder, die schlechtere Alternative, noch stundenlang ergebnislos grübeln.

Vor diesem Hintergrund sollte es ihr eigentlich gefallen, dass es heute noch etwas Ablenkung geben würde. Nichts wirklich Angenehmes, aber immerhin Ablenkung vom mittlerweile Alltag gewordenen Irrsinn in ihrem noch vor kurzem so überschaubaren Leben. Aber auf den anstehenden Besuch freute sie sich trotzdem nicht; es schien einfach zu vorhersehbar, ein ödes Ritual. Mutter.

Mutter hatte sich für heute angekündigt, das kam ungelegen. Es kam immer ungelegen.

Nicht dass sie sich darauf nennenswert vorbereiten musste, vorzeigbar waren sie und ihre Wohnung ja zu jeder Zeit. Die Mutter selbst kam ungelegen. Wusste zuverlässig Uninteressantes zu berichten und bohrte in Dingen, zu denen Charlotte nichts sagen konnte oder wollte. Was macht die Arbeit? Hast Du schon einen neuen Freund? Hast Du eigentlich an Deine Rente gedacht? Willst Du Dir nicht mal etwas Festes suchen? – das bezog sich dann wahlweise auf Arbeit oder Freund. Ein weiteres klassisches Nerv-Thema, ob denn wohl irgendwann mit Enkelkindern zu rechnen sei, hatte es indes nie gegeben. Das ließ gewisse Rückschlüsse zu, an mütterlicher Zurückhaltung lag es sicherlich nicht.

Mutter war jetzt seit fünf Minuten bei ihr und saß im Schneidersitz auf dem weißen Teppich im Wohnzimmer. Groß, schlank und beweglich; beinahe eine ältere und missgelaunte Kopie ihrer Tochter. Der Zeitpunkt des Besuches war maximal unglücklich: Am Wochenende diese denkwürdig außergewöhnlichen Erfahrungen mit Eduard, dann heute Saskias Übergriff auf sie – mehr Gefühlsverwirrung in so kurzer Zeit konnte ein Mensch schwerlich ertragen. An konzentriertes Arbeiten war gerade überhaupt nicht zu denken. Gut dass sie es nicht musste, noch genug Ersparnisse.

Nun stand sie in der Küche und goss den Kaffee in die Kanne. Mutter berichtete währenddessen schneidersitzend aus diversen Museen in aller Welt, die sie kürzlich heimgesucht hatte. Erwähnte dabei auch wirklich jedes Detail und verzettelte sich geübt in unwichtigsten Unwichtigkeiten. Vor gerade einmal zehn Minuten hatte Charlotte ganz routiniert mit einem Handgriff gewisse Bücher im Bücherregal unsichtbar werden lassen: Bücher, die man durchaus besitzen durfte und für die man sich nicht schämen müsste, die man aber der eigenen Mutter grundsätzlich nicht präsentiert. Mit dem Tablett in der Hand kam sie jetzt ins Wohnzimmer zurück. Schockstarre: oh nein, die Skulptur!

Mutter hatte das Kunstwerk aus Glas längst erspäht, es in die Hand genommen und schien es mit Kennerinnen-Blick intensiv zu begutachten: neue abstrakte Kunst, gut zwanzig Zentimeter groß, auf einem kleinen schwarzen Sockel stehend und mit seinen vielen Rundungen von leicht barocker Gestalt. Wusste Mutter nicht, dass man als Besucherin Kunstwerke niemals berührt?

Charlotte mochte dieses Exponat sehr: wie es aussah, wie es das Licht streute und vor allem wie es sich anfühlte. Seit November besaß sie es. Ein Geschenk von Saskia, und damit wäre auch schon der tiefere Sinn erklärt.

Von einem Wolf angefallen werden, mit der Freundin kaum vorstellbare Dinge tun: Das waren auf einmal Kleinigkeiten im Vergleich zu dieser Situation. Sie war vor Scham tiefrot im Gesicht, ihr Entsetzen unübersehbar.

Mutter lächelte sie freundlich an. Kein fragender Blick, keine Missbilligung, kein Grinsen, einfach nur freundlich. Stille.

„Ach Charlotte, was weiß ich eigentlich von Dir; was weißt Du denn schon von mir?"

Lange Pause.

Und dann fuhr sie fort zu erzählen. Jetzt keinen irrelevanten abgehobenen Mist mehr, sondern zum ersten Mal in fünfundvierzig Jahren Wesentliches, Persönliches: wie ihr Leben früher ausgesehen hatte, wie sie von Ende der sechziger bis Mitte der siebziger Jahre nahezu durchgängig von Rauschmitteln benebelt war. Ihre dem damaligen Zeitgeist entsprechenden Männer-, Frauen- und Sonstwie-Geschichten, die Verantwortungslosigkeit gegenüber allem und jedem, nicht zuletzt gegenüber ihrer Tochter. Und der war das hier peinlich?

Charlotte war fassungslos, was gerade passierte: nicht weniger als die Menschwerdung ihrer Mutter. Normalerweise würde man sich als Kind egal welchen Alters jetzt heftig fremdschämen. Bei jeder anderen Mutter gewiss, aber nicht bei dieser. Charlotte genoss es, entspannte und enträtete sich ein wenig.

Jetzt wollte sie auch noch wissen, was für sie wirklich wichtig war. Es gab da ein paar Fragen, mit denen sie ihre Mutter schon so manches Mal konfrontiert hatte, ohne jemals eine annähernd glaubwürdige Antwort erhalten zu haben. Nur genervtes Ausweichen.

Warum hatte sie ihren leiblichen Vater nie kennengelernt? Mutter wusste nicht einmal seinen Nachnamen. Warum war sie mit der Flasche gestillt worden? Um ihr nicht schon mit der Muttermilch den Weg in eine spätere Suchtkarriere zu bereiten.

Eine weitere Frage drängte sich an dieser Stelle geradezu auf: Wie passte dieser altbackene Vorname zu dem Ganzen? Cannabinoide Kreativität, Ironie; ein Riesenspaß für jemanden, der ständig bekifft war. Von Goethe hatte sie damals überhaupt keine Ahnung, hatte nur mit Mühe die zehnte Klasse geschafft.

Jahre später trat dann der Mann in Mutters Leben, der für Charlotte Papa war; wohlwissend, dass das eigentlich nicht stimmte. Alles änderte sich: Mutter bekam Halt, Wohlstand und Bildung, soviel sie wollte – Verdacht auf Überdosis. Gab das Bisherige auf und holte Versäumtes nach. Geriet von einem Extrem in das andere: auf direktem Weg aus einer ärmlichen moralfreien Hippie-Existenz hinein in eine streng kleingeistige Bildungsbürgerhölle. Wollte mit aller Macht eine gute Mutter sein, die es nicht zulässt, dass das Kind die eigenen Fehler wiederholt. Das, was jahrzehntelang war, und das, was seit einer halben Stunde war: Es passte unmöglich zusammen. Die beiden waren damit hoffnungslos überfordert.

Charlotte sah Ursula mit geröteten, geweiteten Augen an: Da standen sich auf einmal zwei vollwertige und gleichwertige Erwachsene gegenüber, die das Recht auf Eigenständigkeit, auf Fehler und Schwächen haben und sich gegenseitig respektieren.

Sie umarmten sich herzlich und innig. Ungezählte Minuten standen sie eng umschlungen: herzklopfend leise schluchzend; unbekannte, unübertroffene Emotionen. Es war unfassbar: Charlotte hatte jetzt zum ersten Mal eine Mutter, die sie gernhaben und vielleicht sogar lieben konnte.

Lieben können war schwierig wenn nicht sogar neu für sie und dies der wohl emotionalste Moment ihres bisherigen Lebens, sie kostete ihn so lange aus wie nur möglich.

Dann Ursula loslassen, ein gegenseitiger Blick in die Augen, ein Lächeln. Sollte heißen: alles wieder gut, alles verziehen.

„Komm uns doch mal besuchen." „Gerne." Noch nie zuvor hatte sie das Mutter gegenüber über ihre Lippen gebracht. Es Ursula zu sagen war so einfach. Und es tat so gut.

Das heutige Erlebnis mit Charlotte hatte Saskia überaus gutgetan.

Eine Bestätigung ihrer Macht über andere, aber natürlich war es auch einfach genussvoll. Vielleicht die letzte Chance mit Charlotte, bevor die nichts mehr von ihr wissen wollte und sich womöglich ganz ihrem neuen Freund zuwandte. Aber dass es einmal so weit kommen könnte, davon ging Saskia eigentlich nicht aus. Dafür schien ihr Einfluss auf die beiden viel zu groß.

Da war zum einen ihr Einfluss auf den lieben, emotionalen Eduard. Sie hätte ihn damals in seiner Wohnung mit Leichtigkeit verführen können, und höchstwahrscheinlich hätte er Charlotte nie davon erzählt. Dass es nicht dazu kam, war einkalkuliert. Wie einfach wäre es gewesen, eine Stunde vor Charlotte bei Ede aufzutauchen und ihn dann ganz für sich zu haben. Für sie viel zu einfach. Als er wegen ihrer Intrige unerwartet wütend wurde, täuschte sie ihm Schuldbewusstsein vor und gestand wohldosiert ein paar Missetaten, bis er sich halbwegs beruhigt hatte.

Zu ihrem Einfluss auf Charlotte: Dass die damals trotz der platten Autoreifen und diverser weiterer Maßnahmen mit nur halbstündiger Verspätung erschien, nötigte Saskia durchaus Respekt ab. Die Gewinnerin in diesem Konflikt war dann aber doch sie selbst. Charlotte hatte sie also erwischt: ja und? Sie wusste um deren vielfältige Abhängigkeit von ihr und hatte völlig zutreffend vermutet, dass die ihr schnell verzeihen würde. Verzeihen musste. Gerne hätte sie es noch weiter auf die Spitze getrieben und sich halbnackt und *Champagner* trinkend überraschen lassen. Dreiviertelnackt im Badezimmer war aber auch nicht schlecht.

Und jetzt der Überfall auf die völlig überraschte Freundin, die ihr eher noch weniger widerstehen konnte als Ede. Wer sich darüber wunderte, der kannte die im Alltag so rationale und kontrollierte Charlotte nicht so gut wie sie.

Wenn man jemanden manipulieren möchte, dann, so hatte Saskia im Studium gelernt, sollte man akribisch dessen Schwachpunkte aufspüren und diese unter Anwendung des verfügbaren Instrumentariums gezielt nutzbar machen. Nein, die Intention war eigentlich genau gegenteilig, das hier war die Pervertierung. Ihre Verhaltensauffälligkeit war ihr durchaus bewusst, ohne dass – Indiz für eine *dissoziale Persönlichkeitsstörung* – dieses Bewusstsein jemals zu Schuldgefühlen geführt hatte. So wie sie sich in einem Fachbuch skizziert sah, war sie ein Typ, der seine Freunde eher als Objekte sieht, die er seziert, analysiert, mit ihnen experimentiert und sie seelisch vereinnahmt. Völlig ungerührt hatte sie das zur Kenntnis genommen. Es war eben so.

Charlottes Achillesferse war eindeutig ihr Triebleben; der Lebensbereich, in dem sich verglichen mit anderen Menschen ein relativ großer Teil ihrer Emotionalität abspielte. Sich hier möglichst wenig kontrollieren zu müssen war für sie, noch mehr als für andere, Grundlage für ein zufriedenes, ausgefülltes Leben. Keineswegs verwerflich, wenn man das bei seiner besten Freundin förderte, und umso besser, wenn letztendlich beide davon profitierten. Euphemistisch gesehen eine *Win-win-Situation*, nüchtern betrachtet ein Ausnutzen von Abhängigkeit und Macht. Saskia betrachtete solche Dinge nicht gerne nüchtern.

Sie erinnerte sich: Wie hatte sie Charlotte eigentlich kennengelernt? Sie war vier Jahre lang auf derselben Schule wie Ede gewesen, bis diese Geschichte mit dem Kunstlehrer aufflog. Selbstverständlich hatte man damals dem Lehrer, also Rainer, Vorhaltungen gemacht; aber was bezüglich ihres Verhaltens bekannt wurde, reichte allemal aus, um ihr einen Schulwechsel nahezulegen. Das elfte Schuljahr dann auf einem anderen Gymnasium, einhundertsechzig neue gleichaltrige Mitschüler und Mitschülerinnen. Charlotte schien davon eine der uninteressantesten zu sein: unscheinbar im Äußeren, introvertiert und verschwiegen. Es reichte nicht einmal für ein sich Grüßen.

Nach dem Abitur fünfundzwanzig Jahre lang kaum mehr ein Gedanke mehr an sie, bis zum Jahrgangstreffen. Die wenigsten hatten sich äußerlich zum Positiven verändert und von diesen wenigen nur eine deutlich. Als die dann so allein in der Aula stand und dem Festredner lauschte, sprach Saskia sie kurzentschlossen an – zum ersten Mal überhaupt. Erstaunlich, wie man sich in einem Menschen täuschen kann. Das Interesse aneinander war derart groß, dass sie sich im folgenden Monat gleich viermal trafen. Trotz denkbar unterschiedlichen Typs ideale Gesprächspartnerinnen. Offenheit und Humor, gedanklich in ungeahnte Tiefe gehend und dabei auch heikle Themen nicht aussparend. Darauf ließ sich aufbauen, es wurde tatsächlich eine richtig innige Freundschaft zweier hochintelligenter und weltoffener Frauen. Nur dass Saskia ihre ganz speziellen Vorstellungen davon hatte, was unter Freundschaft zu verstehen ist.

Ja, die jüngsten Erlebnisse taten gut, denn schließlich war sie selbst gerade in einer besonders kritischen Phase: Schon länger hatte sie bemerkt, dass sich der vermögende Gatte jeden Tag ein kleines bisschen weniger für sie interessierte; nur der Grund war noch nicht restlos erforscht. Sie konnte sich noch so sehr um ihn bemühen, es nützte nichts. Einst war er ihr verfallen, jetzt anscheinend nur noch wohlgesonnen – eine Wandlung, die für ihre Psyche, aber auch für ihren materiellen Status höchst problematisch schien. Eigentlich war sie für den auf sehr junge Frauen fixierten Rainer schon deutlich zu alt; es blieb abzuwarten, wie er darauf reagierte. Eine neue, jüngere Saskia gab es für ihn jedenfalls noch nicht, das war klar.

Exzessives Golfspielen, der klassische Indikator für altersbedingte Beziehungsprobleme. Egal ob nur vorgeschoben oder jetzt tatsächlich sein vorrangiges Freizeitinteresse: Beides schien gleichermaßen bedenklich.

Sie wusste: Wer nicht von ihr abhängig war, der warf sie früher oder später aus seinem Leben.

Zumindest der Kontakt mit ihren Eltern, den Kommilitonen und vielen Kollegen hatte diesen unschönen Verlauf genommen.

Das Studium der Psychologie: mit Bravour absolviert und danach gleich als selbständige Therapeutin gearbeitet, der Erfolg blieb aber trotz großen Engagements stets hinter ihren Erwartungen zurück. Wie es ihr Naturell war, fiel es ihr schwer, genug Distanz zu ihren Patienten zu wahren; sie trennte nur ungern Berufliches von Privatem. Das hatte sich sicher mittlerweile herumgesprochen, es gab in letzter Zeit eher wenig zu tun. Dafür umso mehr Zeit, sich selbst oder der Freundin Gutes zu tun.

Rainer nicht zu verlieren war ein wesentliches Ziel für das neue Jahr, das innige Verhältnis zu Charlotte aufrecht zu erhalten ein weiteres. Und die Verführung von Ede eine nette Zugabe. Wäre langsam an der Zeit, nach so vielen Jahren.

Sie dachte an Charlotte. Würde sie es ihm erzählen? Nein, das konnte sie unmöglich tun. Oder etwa doch?

Sie ließ ihn herein und strahlte ihn an. „Ursula war gerade hier!" Ursula: eine kleine Bärin?

Fremdsprachenmacke traf auf Eisbärenmacke. Eduard kannte keine Ursula. Charlotte berichtete ihm ausführlich, was sich heute Nachmittag ereignet hatte, klang enthusiastisch, sparte anscheinend nichts aus. Er freute sich mit ihr und vermied es erfolgreich, jetzt an seine eigene Mutter zu denken. Die Skulptur, sie schmeichelte seiner Hand und setzte sein Kopfkino in Gang. Hatte er sie bisher übersehen, oder hatte sie sie vor ihm verborgen? Ein fragender Blick. „Ein andernmal", bremste ihn Charlotte, das war jetzt gerade nicht ihr Thema. Sie wollte reden. Stille. „Saskia war auch hier."

Charlotte hatte also ihrer Mutter endlich die beste Freundin vorgestellt? Nochmals blickte er sie fragend an. „Saskia war heute Vormittag hier, ganz spontan. Da habe ich sie reingelassen." „Und: Ist es zwischen Euch wieder so wie früher?" „Nein, ist es nicht", stellte sie kurz und knapp klar, und wirkte jetzt gar nicht mehr gutgelaunt.

Das hier war definitiv keine *Win-win-Situation*, es konnte eigentlich nur schiefgehen. Aber je länger sie darüber nachgedacht hatte, desto mehr war sie geneigt gewesen, Eduard in alles einzuweihen. Ursulas Besuch hatte ihr dann den Mut gegeben, es jetzt zu tun. "Weißt Du noch, damals im *Bahn Thai*, als Du mir von Saskia erzählt hast, dass Du ihr kaum widerstehen konntest?" Sie war damals ergriffen von seiner Ehrlichkeit gewesen, vielleicht konnte er jetzt auch ihre Ehrlichkeit ertragen.

„Naja, ich konnte es auch nicht." Er starrte sie an, und sie brachte noch drei halbwegs brauchbare Sätze darüber zustande, was passiert war. Bemerkenswert, aber auch brutal: Sie verharmloste es nicht. Kein Schmusen, Kuscheln, Küssen. Sie sagte es mit Worten, die an Deutlichkeit nichts zu wünschen übrig ließen.

Eduard lief die Straße hinunter bis in den Wald hinein; erst dort angekommen, verlangsamte er sein Tempo. Er musste der Situation und diesem Gefühl entkommen, das erste davon hatte er jetzt immerhin geschafft. Aber es schmerzte in seinem Magen, als würde jemand das Messer umdrehen, das dort seit wenigen Minuten steckte – was für ein bescheidenes Gefühl. So gedemütigt zu werden; von der Freundin schon in dem Moment betrogen zu werden, wo zwischen ihnen gerade alles so gut geworden war.

Er konnte noch keinen klaren Gedanken fassen, irrte durch die verschneite Abgeschiedenheit. Wirre Erinnerungsfetzen an Rotkäppchen und den Wolf, den Bären und an im Schnee Herumtollen mit Charlotte. Gemeinsam Stolpern, Lachen, Küssen: Das alles schien längst ferne Vergangenheit zu sein.

Es wurde stetig frostiger in Eduard und in diesem märchenhaften Wald; mondbeschienen und sternenklar, der Große Bär diesmal hoch über ihm, statt in seinem Kopf. Was tun? Nach Hause wollte er nicht, und zu ihr zurück: das schon gar nicht.

In der Nähe befand sich jene Gammelkneipe, in der Rudi viel zu oft seine Freizeit gestaltete. Wahrscheinlich eine ganz blöde Idee, aber eine bessere hatte er gerade nicht zur Hand. Noch zehn Minuten grübelnd zu Fuß zurück in die Zivilisation *Lüstringens*. Sie erkannten sich bereits, als er den klapprigen Türgriff noch in der Hand hielt.

Der Platz neben ihm an der Theke schien frei zu sein, vermutlich freigehalten für eine eventuell im Laufe des Abends zu erobernde Frau. Eduards Erwartung war, jetzt wieder mit allgemeinem Wehklagen überhäuft zu werden; der Grund, warum er irgendwann keinen Sinn mehr in solchen Treffen sah. Er und Rudi hatten sich früher richtig gut verstanden, bis der sein Interesse nur noch auf die Themen Beruf und Familie beschränkte. Frustriert und gelangweilt; aber auch wohlhabend und einfallslos genug, um seine Abende ausgerechnet hier zu verbringen.

Eduards Erwartungen erfüllten sich nicht. Klar war Rudi überrascht, ihn zu sehen; vielleicht zu sehr überrascht und noch zu wenig alkoholisiert, um wie üblich zu reagieren. Sofern man von üblich sprechen kann, wenn man sich mindestens vier Jahre nicht gesehen und in dieser Zeit auch nur einmal telefoniert hatte – und das nur zu dem banalen Thema *Bahn Thai*.

Ja, Charlotte habe er genau an dieser Stelle kennengelernt. Und es schien ihn tatsächlich zu wurmen, dass ihm damals kein konstruktives Gespräch gelungen war, sondern nur diese unsägliche Kombination aus Jammerei und Anbaggerei. Selbstverständlich konnte das bei jemand wie ihr gar nicht gut ankommen. Rudi hatte sich mittlerweile eingestanden, dass er speziell diejenigen Frauen respektierte, die sich dadurch ausgezeichnet hatten, dass sie nicht auf ihn hereinfielen. Und er wusste, dass das, was mit den Frauen ablief, die einfältig oder verzweifelt genug waren, um sich von ihm betören zu lassen, letztendlich weder denen noch ihm gut tat. Dass ihm ein tragfähiges Lebenskonzept längst abhandengekommen war und dass es höchste Zeit war, daran etwas zu ändern.

Ihm war aber auch nicht entgangen, dass sein alter Kumpel reichlich verstört wirkte. „Und was ist mit Dir?"

Rudi hörte Eduard geduldig und aufmerksam zu, hielt sich lange mit Ratschlägen zurück und sagte schließlich einiges: so ziemlich das Gegenteil von „Frauen sind alle gleich", „wahre Freundschaft gibt es nur unter Männern" oder „die ist es nicht wert, such Dir eine andere". Eduard war wirklich überrascht und dankbar für diese gemeinsam an einem schmierigen Tresen verbrachte Stunde. Sie umarmten sich kurz. „Komm uns doch mal besuchen." „Gerne." Lange hatte er das gegenüber Rudi nicht mehr über seine Lippen gebracht.

Schon ziemlich angetrunken schlich er zurück zu Charlottes Wohnung und bemühte sich im dunklen Hof, das eingefrorene Fahrradschloss aufzubekommen; möglichst leise, damit weder sie noch sonst jemand ihn dabei ertappte. Es schmerzte an den Fingern, die Kuppen wurden taub vor Kälte, letztendlich nur ein Schmerz von vielen. Die Narbe juckte, und es schmerzte ihn auch an anderen Stellen von Körper und Seele; an Stellen, die letzten Monat noch völlig intakt schienen. Jahresanfänge mit gewissen Neuerungen hatte es für ihn schon oft gegeben, und er hatte das immer ganz gut vertragen.

Aber dieses neue Jahr fühlte sich für ihn mittlerweile an wie eine einzige üble Seuche, wie ein endloses *Malefiz*-Spiel mit verlässlichem Rauswurf kurz vor dem ersehnten Ziel. Dieses Jahr, diese Probleme, dieses Spiel: Er hatte das alles gefressen.

Eduard sah sich ratlos um: Im Treppenhaus war niemand außer ihm.

Was hatte er auch erwartet? Der Brief war ja mit der Post gekommen. In der Hand hielt er einen blassrosa Umschlag; er konnte sich nicht erinnern, je einen rosa Brief bekommen zu haben, und war schon jetzt unangenehm berührt. Was sollte der Unsinn? Charlotte? Niemals. Auch wenn er sich im Grunde nichts sehnlicher wünschte als ein Lebenszeichen von Charlotte: definitiv nicht in Rosa. Das ginge zu weit. Er hätte schwören können, dass der Umschlag duftete, doch vermutlich prallte ihm nur seine eigene *Whisky*-Fahne entgegen.

Der gestrige Abend hatte es in sich gehabt: auf nüchternen Magen manches Bier mit Rudi und später zu Hause Hochprozentiges. Ihm war reichlich schwummerig: wieder so ein Spiralnebel in seinem Hirn, diesmal profanerweise verursacht durch *Ethanol* und dessen böse Tochter *Acetaldehyd*. Pochenden Schädels zog er sich am Geländer hoch in seine Wohnung.

Oben angekommen schien es an der Zeit, Atmung und Magen etwas beruhigen. Und wieder standen Schweißperlen auf seiner Stirn: wie damals, als er sich überhitzt an Charlottes geöffnetem Kühlschrank abkühlte – dieser Gedanke tat weh. Um sich abzulenken, versuchte er den Brief möglichst lässig auf den Küchentisch zu werfen. Als wäre es Werbepost.

Der Wurf misslang ihm gründlich: Der Umschlag glitt über die Wachstuchtischdecke, prallte gegen die Fensterbank, schlitterte zurück und stürzte über die Tischkante hinab, geradewegs vor seine Füße. Müßig zu erwähnen, dass bereits der Blick auf den Boden leichten Schwindel und somit eine dezente Übelkeit verursachte. Musste er sich um sich Sorgen machen? Durchaus nicht hypochondrisch veranlagt, sinnierte er, dass es mit knapp fünfzig wirklich angebracht wäre, auf den eigenen Körper zu achten.

So beugte er sich langsam herunter; sorgfältig darauf bedacht, die zumutbare Geschwindigkeit nicht zu überschreiten, und streckte seine Hand nach dem mysteriösen Schriftstück aus. Einen Hauch zu schnell, wie er fand, und er wurde prompt in seiner Vermutung bestätigt: Er übergab sich.

Liebeskummer sei Dank hatte er nicht viel gegessen, das kam zumindest dem Briefumschlag zugute, nicht aber seinem eigenen Wohlbefinden. Mit vollem Magen erbrach es sich eben weitaus angenehmer. Nachdem er den Boden gesäubert hatte, starrte er gedankenverloren auf den Tisch. „Wewewe Punkt Saskianacktaufdemkuechentisch Punkt De" kam ihm mal wieder in den Sinn. Er hatte es vor langer Zeit in der Rundfunkwerbung gehört, und seitdem ließ es ihn nicht mehr los. Die Vorstellung faszinierte ihn. Wer weiß, eines Tages. Der Name Saskia allerdings, früher ein Quell Körperteile durchflutender und erhebender Freude, ließ ihn augenblicklich, soweit im Rahmen seiner aktuellen Befindlichkeit möglich, die Zähne fletschen. Dass er mal darüber fluchen würde, dass es eine Frau zu viel in seinem Leben gab, die nicht seine Mutter war, hatte er sich bisher nicht vorstellen können.

Ach Mutter, die alte Schachtel. Er zuckte zusammen. Netter Versuch, im ersten Augenblick befreiend, dann folgte das schlechte Gewissen. Nein, das war eindeutig nicht er. Mochten andere ihre Mütter beriteln, wie sie wollten, er nicht. Auch wenn sie es tausendmal verdient hatte. Es lag ihm einfach nicht.

Der Brief: Eduard griff sich den jetzt leicht eingesauten Umschlag und riss ihn auf. Das einzige Interesse galt zunächst der Unterschrift. Seine Blicke rasten über den Text, blieben an einzelnen Worten hängen und gelangten schließlich zum Wesentlichen: „Deine Mutter", las er ganz unten, und augenblicklich kam es ihm wieder hoch. Keine Absicht, aber es fühlte sich gut an.

Dass ein erwachsener Mann einen blassrosa Brief von seiner Mutter erhält und sich dann darauf erbricht, das war, das wusste er, an Absurdität kaum zu überbieten. So etwas konnte man sich nicht ausdenken, und man konnte es niemandem erzählen. Zufrieden besah er sein Werk, warf alles ungelesen ins Klo und spülte sich den Mund aus. Jetzt ging es ihm schon besser.

Dem Chef absagen, aufrecht sitzen und sich möglichst wenig bewegen, kein Kaffee, viel Zeit zum Nachdenken. Über Mutter. Am besten nur über Mutter. Ach Mutter.

Eduards Mutter besaß neben ihrer Dummheit, ihrer Dominanz und ihrem Desinteresse noch eine weitere Eigenart: Dackel. Daisy hieß das goldige Tier, gänzlich unpassend. Vermutlich hatte damals irgendein Prominenter seinen Hund so genannt, und sie hatte es ihm nachgetan. Vater war verstorben, sobald er das Rentenalter erreicht hatte; Mutter war zu dieser Zeit Mitte fünfzig und Eduard erst fünfzehn. Viel hatte er von ihm nicht mitbekommen, denn Vater hatte sich immer in jeder Hinsicht zurückgehalten und offenbar vorrangig das Ziel verfolgt, möglichst wenig Zeit zu Hause zu verbringen. Als er nicht mehr war, wurde als Ersatz Daisy angeschafft. Auch ruhig und pflegeleicht, ebenfalls untadelig im Charakter.

Schon seit längerer Zeit sahen sich Mutter und Sohn genau viermal jährlich – Ergebnis hartnäckiger Verhandlungen, ein von beiden Seiten ungeliebter Kompromiss zwischen an jedem Wochenende und möglichst nie. Zu diesen vier Pflichtbesuchen zählte neben Weihnachten, seinem und ihrem Geburtstag noch ein ganz besonderes Event: Daisys Geburtstag.

Zumindest aus Mutters Sicht war das das Highlight ihrer häuslichen Veranstaltungen. Das wehrlose goldbraune Tier thronte dann auf Stuhl und mehreren Kissen an der Kaffeetafel und ließ alles mit Würde über sich ergehen, selbst den Diät-Hundekuchen mit fettarmer Sahne und Kerzen darauf. An diesem Festtag wurde das übliche rote Schleifchen um Daisys Hals durch ein rosa Schleifchen ersetzt – so wusste Hündchen auch ohne Kenntnis des Kalenders, was ihm bevorstand. Nebeneinander platziert saßen die beiden Leidensgenossen dann die Zeit ab, und während Mutter unentwegt dummschwätzte, blieben sie sehr still.

Diese Dackelgeburtstage erinnerten ihn an einen Sketch, den sich viele Leute zwanghaft zu Silvester im Fernsehen anschauten. Sich das jedes Jahr anzutun musste unangenehm sein. Aber bei so einer Prozedur Jahr für Jahr als Statist mitwirken zu müssen: viel schlimmer, eine peinliche geschmacklose Aufführung. Dieses Jahr würde er erstmals seine Teilnahme verweigern und suchte noch nach einer möglichst provokanten Begründung: vielleicht ein bereits lange gebuchter Termin beim Tätowierer oder etwas Ähnliches. Der erste Schritt zu einer offenen Konfrontation. Es reichte.

Zeit seines Lebens hatte seine Mutter die anderen Wohnungsinsassen wie Dekorationsstücke behandelt, sie umhegt und bevormundet, und die ließen es mit sich geschehen und leisteten allenfalls passiven Widerstand. Es war eben kein Leben zu dritt, nur ein tagtägliches *Dinner for one*.

Mama mochte keine Männer; jedenfalls keine, denen nicht jedwede Männlichkeit abtrainiert worden war. Wenn sie früher beim Sohn Veränderungen wahrnahm, die zur Wandlung vom Kind zum Mann naturgemäß dazugehören, reagierte sie mit Ignoranz oder strafenden Blicken, aber grundsätzlich nicht mit Verständnis oder mit aufklärenden Gesprächen. Offensichtlich sollte Eduard von allem Schädlichen und Schändlichen ferngehalten werden, er kam sich manchmal vor wie ein Gänseblümchen. Daisy bedeutet Gänseblümchen, fiel ihm erst jetzt ein – das passte ja mal wieder großartig.

Nach ihrer Vorstellung hatte er wohl dreißig Jahre lang ihr ungepflücktes und unbeflecktes Gänseblümchen zu bleiben, danach sofort zu heiraten, sie mit zwei Enkeln auszustatten und vor allem beruflich etwas möglichst Imageträchtiges darzustellen. Eduard verspürte zu keiner Zeit die Neigung, ihr solche Wünsche zu erfüllen.

Dass er Arzt werden wollte, passte wunderbar in Mutters Weltbild, welches vorwiegend aus Kaffeeklatsch, Klatschzeitschriften und Selbstreferenz gespeist wurde. Arzt, das hörte sich gut an, und diese Erkenntnis genügte ihr völlig. Nie interessierte sie sich dafür, was das bedeutete, wie es ihm damit erging und was er da eigentlich tat. Dass seine Patienten nackt und tot waren, hätte ihr sicherlich weniger gut gefallen, aber woher sollte sie das denn wissen.

Aufklärung über seinen Beruf erfuhr sie dann auf dramatische Weise an ihrem siebzigsten Geburtstag, zu dem die Klatschfreundinnen und sämtliche Verwandten vorgeladen waren. Der Zögling, erst seit kurzem berufstätig, wurde den Gästen gleich als eine Art omnipotenter Starmediziner angepriesen. Mutters ignorantes Prahlen nervte ihn gewaltig, zeigte aber den gewünschten Erfolg:

„Eduard, darf ich Sie morgen in Ihrer Praxis aufsuchen, mein Hausarzt weiß mit mir nicht mehr weiter."
„Sehr gerne; ich bin zwar für viele Monate ausgebucht,

aber für irgendwelche Bekannte meiner Mutter habe ich immer Zeit, jederzeit." Eduard verspürte in seiner seit Jahren angestauten Dackelmutterwut gehörig Lust, die Situation eskalieren zu lassen.

„Ich habe da so ein Zwicken in der Seite; mein Arzt meint, es ist Ischias, aber vielleicht brauche ich eine neue Hüfte." „Ich kann Ihnen jetzt schon sagen: ein künstliches Hüftgelenk, das ist eine tolle Sache. Einbauen kann ich es Ihnen nicht, aber ich könnte es wieder entfernen, wenn es Ihnen keine Freude mehr macht. Wenn ich Sie behandeln soll, müssten Sie allerdings vollständig nackt sein." Mutters Freundin schaute verstört und verstummte. „Ich weiß, das ist immer peinlich, aber ich bestehe darauf." Entsetzen in ihrem Gesicht. „Aber wenn man tot ist, stört es einen nicht so sehr."

In Mutters guter Stube waren jetzt alle auffallend angenehm schweigsam, doch Eduard hatte noch lange nicht genug. „Sobald Sie wissen, wann Sie tot sind, vereinbaren Sie bitte einen Termin mit mir." Diese Gäste würde er, das war jetzt klar, niemals wiedersehen. „Ich werde Sie dann zerlegen, gründlich untersuchen und danach wieder in Form bringen. Glauben Sie mir, es tut nicht weh. Und dann sehen Sie garantiert besser aus als jetzt." Hier würde heute sicher keine gute Stimmung mehr aufkommen, deshalb verließ er vorzeitig und grußlos die Feier.

Geld und Prestige waren Eduard nie wichtig gewesen, er hatte seine Berufswahl unter anderen Gesichtspunkten vorgenommen: Es galt ein Fach zu finden, das man nur an weit entfernten Orten studieren konnte, sodass Mutter ihn endlich von der Leine lassen musste. Und auch der verdammte Dackel war daran nicht ganz unschuldig.

Denn schon bald nach seiner Anschaffung hatte diesen kleinen Liebling, obwohl noch fast neuwertig, dasselbe Schicksal wie den Ehegatten ereilt: Er war einfach tot, ohne dass man das Warum erkennen konnte. Da er sich, als sein letztes Stündlein geschlagen hatte, in der Obhut einer Hundesitterin befand, gab es Anlass für Spekulationen: Hatte die versehentlich oder gar absichtlich mit dem Ableben des Tieres zu tun? Eduard befiel damals der seltsame Gedanke, es könnte hilfreich sein, diese Frage mittels einer Obduktion zu klären, und so begann sein Interesse an dem Thema. Geschmacklos, befand Mama, und es kam dann so, wie es kommen musste: Daisy wurde unversehrt und mit schwarzem Samtschleifchen bestattet und bald danach Daisy Zwei erworben. Es sollte nicht die letzte bleiben.

Die erste und einzige Hundesitterin hatte sich per Aushang in Eduards Schule gefunden. „Zuverlässiges Mädchen gesucht, das nach Anweisung einen kleinen Hund betreut. Er heißt Daisy und beißt nicht." Wie peinlich für ihn, als er das ans Schwarze Brett pinnen musste.

Angesprochen fühlte sich ausgerechnet die aufreizendste Schülerin überhaupt; eine, die den komplex- und pickelbeladenen Eduard bisher völlig ignoriert hatte. Daheim in Mutters Reich kamen sie sich dann ein wenig näher, und Saskia zeigte sich von ihren besten Seiten – so schamlos wie nur möglich. Heute würde er das als *Tease and denial* bezeichnen, damals fehlten ihm einfach die Worte für die Gefühle, die das bei ihm auslöste.

Für das Dackelhüten schien sie hingegen keinerlei Talent zu besitzen, und nach wenigen Wochen war das Tierchen tot. Eine kurze Notiz, dass es dem Hund nicht gutgehe und dass sie keine Zeit mehr hätte; danach ward sie nie mehr gesehen, auch nicht in der Schule. Erst letztes Jahr liefen sie sich zufällig wieder über den Weg und konnten beide über die alten Geschichten lachen. Sehr nett war sie da gewesen, sie schien ihn mittlerweile zu mögen. Im Dezember dann die Einladung zur Silvesterparty, und eine für ihn unglaubliche Geschichte begann.

Mit zwanzig dem mütterlichen Zwinger entflohen, entwickelte sich Eduard erstaunlich normal und holte in kürzester Zeit vieles bisher verpasste Gute wie auch Schlechte nach. Nur die richtige dauerhafte Partnerin zu finden, das gelang ihm einfach nicht. Die langjährige Freundin war es keinesfalls; aber es war mit ihr nicht so verkehrt, dass er sich von ihr trennen mochte. In einem Punkt lag sie zweifellos richtig: Es gab nur einen einzigen Besuch von ihr bei seiner Mutter, danach nie wieder. Diejenigen Frauen, die seine Sinnlichkeit und sein so reichhaltiges Gefühlsleben zu schätzen wussten, kamen womöglich mit anderen seiner Eigenarten nicht klar; meist hatte er ihnen aber einfach nicht genug Aufmerksamkeit geschenkt. Es fehlte ihm an Mut und Entschlussfreude; er war halt so, das lag nicht nur an Mutter. Das musste sich ändern, und es änderte sich ja bereits.

Charlotte. Noch nie war es so wie mit Charlotte: diese Natürlichkeit und Unbefangenheit. Sich weder zügeln noch verleugnen müssen. Mit ihr, so schien es ihm, konnte er völlig offen über alles reden, was ihn beschäftigte, über jedes Thema. Und er dürfte ihr von den in ihm schlummernden Neigungen erzählen, die er bisher noch nicht ausgelebt hatte. Vor einigen Jahren hatte er, als er das ein einziges Mal wagte, eiskalte verachtende Blicke provoziert. Aber Charlotte würde ihn einfach anlächeln und ihm dann sagen, ob sie daran teilhaben wollte oder nicht. Ohne dass es ihm oder ihr peinlich sein müsste. So einfach konnte es sein. Doch dann fiel ihm schlagartig wieder ein, was das Problem mit Charlotte war: Ihre ungewöhnliche Enthemmtheit, die er als befreiend empfunden hatte, war für ihn offenbar Segen und Fluch zugleich. Und abermals spürte er das Messer in seinem Bauch.

„Eddi, bist Du schon wieder in Gedanken in der Dönerbude?", grinste ihn am nächsten Tag jemand fies an. Wie ungerecht, denn er hatte sich da wirklich noch keinen Fehler geleistet, keinerlei Verschnitt zum Nachteil des Kunden. Offenbar war er bereits routiniert im Kummer ertragen, denn das Arbeiten ging ihm trotz seines jämmerlichen Zustandes erstaunlich präzise von der Hand. Nur langsam war er, verfiel immer wieder in aus- und abschweifende Gedanken. Von der Pathologie hatte er sich in den letzten Wochen zusehends innerlich verabschiedet; er sah da keine Zukunft mehr und wollte lieber mit Menschen arbeiten – wohlgemerkt mit richtigen, noch lebendigen Menschen, wie und wo auch immer.

„Chef, Du glaubst ja nicht, wie recht Du hast", rüpelte er zurück. „Ich werde mich bald beruflich verändern und ins Dönergewerbe wechseln, ist doch ganz ähnlich." Stummes Erstaunen. „Und dieses scharfe Messer nehme ich dann mit. Es ist alles so übel hier; ich überlege schon seit Tagen, ob ich mich nicht übergeben sollte – zu Hause, wenn es Dir recht ist."

Gar nicht mehr so mieslaunig streifte er die Handschuhe ab, warf sie in die Ecke und verließ diesen elenden unterkühlen Keller. Gummihandschuhgrün und alles im grünen Bereich: bestimmt nicht mehr lange.

Denn dieses spezielle Grün musste unbedingt aus seinem Kopf verschwinden, wollte er eines Tages ein wirklich glückliches Leben führen. Dieses Goldbraun der Dackel selbstverständlich auch. Und ebenso das einzigartige Schmutzig-Gelbweiß des anderen Tieres, das ihn seit Wochen verfolgte. Vergangene Nacht lieferte ihm, obwohl nüchtern und früh im Bett, sein Hirn eine Neuauflage seines Rotkäppchen-Alptraumes:

Er traf ein junges Mädchen mitten im Wald, sie hakte sich bei ihm ein, und beide gingen ganz entspannt ein Stückchen zusammen. Nachdem er sie zärtlich auf die Stirn geküsst hatte, war da auf einmal der Bär und griff ihn an. Wütend zog sie daraufhin ein

Brotmesser aus ihrem Picknickkorb und rammte es dem weißen Riesentier in den Bauch. Nein, sie wollte das tun, aber der Eisbär wich aus, und das Messer traf Eduard mit voller Wucht. Er sah das Entsetzen in ihrem Gesicht.

„Das habe ich nicht gewollt", schrie sie. Und ergänzte dann mit leiser Stimme: „Aber es fühlt sich richtig an." Und währenddessen drehte sie das Messer ein paarmal in der Wunde.

Soweit er sich erinnern konnte, war dies der schrecklichste Traum, den er je geträumt hatte, und weil es so schrecklich war, vermied er es tunlichst, in jener Nacht nochmals einzuschlafen.

Eduard war völlig ratlos, warum ihn dieser imaginäre Eisbär seit nunmehr vier Wochen verfolgte; seit dem Nachhauseweg in der Silvesternacht war er ihm auf den Fersen. Niemals zuvor hatte er sich nennenswert mit Eisbären beschäftigt, und er sah ihnen auch nicht sonderlich ähnlich. Immerhin wusste er mittlerweile: Wenn man Psychopharmaka mit aufputschenden Substanzen und hochprozentigem Alkohol kombiniert zu sich nahm, konnte es in seltenen Fällen zu solchen Phänomenen kommen. Charlotte hatte ihm das Silvester alles zugefügt, aber er konnte ihr deswegen nicht böse sein; er hoffte nur inständig, dass sich dieses Tier irgendwann aus seinem Leben verabschieden möge.

In Gedanken war er diesen Vormittag bei einer längst vergangenen Liebschaft gewesen, der er in seiner akuten Melancholie mal wieder nachträumte.

Solche Momente des Zurückbesinnens mochte er gerne, aber einmal war das gründlich schiefgegangen: Vor ein paar Monaten hatte er in alten Briefen geblättert und auf diese Weise seine Erinnerungen an eine Urlaubsbekanntschaft aufgefrischt.

Er war damals Ende zwanzig, diese bezaubernd kluge Künstlerin und Autorin deutlich jünger. Sie hatten in Italien einen traumhaften Frühlingstag und eine zärtliche, aber harmlose Nacht miteinander verbracht; siebzehn Stunden nichts als glückselige Absichtslosigkeit. Und sich im Anschluss viele Male begeistert geschrieben.

Beim zweiten Treffen, im folgenden Herbst bei ihm, war er so glücklich, als sie Arm in Arm durch die Kunsthalle schlenderten. Doch dann wollten sie beide mehr; er aus eher niederen Beweggründen, sie weil sie sich offenbar in ihn verliebt hatte. Das konnte nicht gutgehen, und auf ihre Verzweiflung danach hatte er mit Unverständnis reagiert.

Mit Mitte vierzig war seine Sichtweise völlig anders: nachträgliches Entsetzen wegen seiner damaligen Rücksichtslosigkeit; eine wochenlang anhaltende depressive Verstimmung, bis er sich selbst verzeihen konnte. Für ihn eine prägende Erfahrung, wie dicht Glück und Unglück beieinanderlagen; ein Vorgeschmack auf das, was er derzeit durchmachte.

Die Erinnerungen am heutigen Vormittag waren vergleichsweise angenehm. Vier wunderbare gemeinsame Wochen zu zweit und ein besonderer Moment intensiv in sämtlichen Elementen:

Es war abends bei dreißig Grad drückend schwüler Augusthitze, in der Ferne bereits ein bedrohliches Grummeln und Grollen. Sie standen wie so oft nackt am Ufer des Sees und wollten gerade Hand in Hand ins flache Nass hineinlaufen. Es drängte ihn ins Wasser, denn die Haut klebte, und der Boden war fast zu warm, um ihn zu berühren.

Er hätte schreien können vor Glück, wollte etwas sagen, aber sie legte ihm die Hand auf den Mund. Im Dämmerlicht sah er, wie sich einzelne ihrer Haare elektrisch aufgeladen aufrichteten. Angespannte Stille und das Ahnen, was da auf sie zukam. Sie küsste ihn jetzt zum allerersten Mal, zunächst mit spröden, trockenen Lippen, dann wurde es flüssiger und besser. Vier Lippen, vier Elemente, vier Hände auf heißer Haut. Der Regen eilte dem Gewitter voran, tröpfelte, fiel, schüttete, prasselte, traf wie Nadelstiche auf ihre Schultern, ergoss sich über sie. Er wusste genau, wo sie Schutz finden konnten und wie es weitergehen würde. Unvergleichlich.

„Du kannst gerne noch bis Weihnachten bei mir bleiben", hatte er ihr damals halbherzig zum Abschied ins Ohr geflüstert. Zu feige, sich zu entscheiden und sich zu ihr zu bekennen.

Verletzter Stolz hin oder her: Charlotte würde er nicht gehen lassen, mit ihr konnte und wollte er ähnliches erleben – mit wem wohl sonst? Sommerhitze statt Eisbärenkälte, exzessives Miteinander in der Natur, Sand und Mückenstiche auf nackter Haut, kühlendes Wasser.

Charlotte war mittlerweile mit natürlichen Anti-depressiva hervorragend ausgestattet.

Und die nahm sie großzügig überdosiert ein. Gewöhnlich setzte die Wirkung von Johanniskraut erst nach mehreren Wochen ein, aber sie hoffte einfach darauf, dass das darin enthaltene *Hyperforin* es mit ihr besonders gut meinte. Zumindest die übliche Nebenwirkung hatte sich schon rechtzeitig eingestellt: eine kaninchenhafte Empfindlichkeit der Augen bereits bei Lampenlicht. Augen, die damit noch geröteter und trauriger wirkten als ohnehin schon. Aber Hauptsache kein *Diazepam* mehr; andernfalls würde sie sich wegen dieser Inkonsequenz genauso mies fühlen, wie sie es irgendwann im Falle fortgesetzter Unehrlichkeit gegenüber Eduard getan hätte.

Mein Eduard, wie es jetzt wohl in Deinem Inneren zugeht? Gleichen wir uns dort mal wieder wie ein Ei dem anderen, oder bist Du immer noch ernsthaft verstimmt? Wird es wieder gut werden, wenn Du lange genug zufriedenstellend sauer auf mich sein konntest?

Mit wem darüber sprechen? Bis vor kurzem lautete die Standardantwort stets Saskia. Sie ging die wenigen Alternativen durch und suchte sich die beste aus: die in diesem bescheidenen Angebot mit Abstand beste. „Ich möchte mal Deine Meinung hören, ich weiß nicht mehr weiter."

Es war einfach klasse, wie ihre Gesprächspartnerin darauf reagierte: ganz unaufgeregt, aber gleichwohl erkennbar anteilnehmend. Kein „wie konntest Du nur", kein „das wird schon wieder", sondern eine Bestandsaufnahme und dann ein Abwägen der Möglichkeiten. Noch letzte Woche wäre es absurd gewesen, Mutter von der Affäre mit Saskia zu erzählen; eher hätte sie sich ihrem Nachbarn, dem Molch, anvertraut.

Die neu gewonnene Vertrautheit mit Ursula war befreiend, aber Charlotte wollte diese kostbare Neuerung nicht gleich überstrapazieren. Das wurde ihr jedoch erst so richtig bewusst, als sie die Stimme ihrer Mutter am anderen Ende der Leitung hörte. Sie hatte gar nicht darüber nachgedacht, was genau sie erzählen wollte, als sie zum Telefon griff. Die Tatsache, dass es sich bei ihrem Seitensprung um eine Frau handelte, buddelte sie schlagartig in ihrem Kopf in ein ganz tiefes Loch ein und schaufelte in Gedanken Tonnen von Erde darauf. Nichts als ein alter Reflex; denn sie wusste mittlerweile, dass Ursula das zwischen Frau und Frau ebenso wenig verwerflich fand wie sie selbst.

Schlagartig, das bedeutete in diesem Fall: mitten im nicht unwesentlichen Wort Saskia. Die erste Silbe war bereits großenteils intoniert, da zog sich Charlottes Zunge erschrocken ein paar Millimeter zurück, krümmte sich verlegen nach oben, und das scharfe S mutierte unversehens zu einem SCH. Das I war nach dieser spontanen Wendung unerwünscht, und folglich wurde aus Saskia kurzerhand ein Sascha. Super Vorbereitung, fauchte sie sich gedanklich selbst an. Natürlich geriet sie beim Erzählen immer mehr ins Stocken. Erleichterung hätte sie sich mit dem Erzählen verschaffen können, hätte sie die Möglichkeit gehabt, so weit wie möglich bei der Wahrheit zu bleiben.

Aber so?

Ausgeschlossen. Die Geschichte, dass ein Sascha an der Tür geklingelt hatte, dieser sie mit seinen tiefen Blicken überrannte und dass das Resultat eine hitzige körperliche Auseinandersetzung war, die ihren Höhepunkt auf dem Flauschteppich fand, kam ihr immer alberner vor. Sie fühlte sich zunehmend unwohl. Nicht zuletzt, weil sie penibel darauf konzentriert war, den Namen Saskia und das Wort SIE nicht zu gebrauchen.

Abgesehen davon, dass es ihr zutiefst widerstrebte, Notlügen zu verwenden, hatte sie mit der Erfindung eines Saschas auch den Kern ihrer Misere verfehlt. Es spielte für sie eben eine Rolle, dass Saskia eine Frau war und kein Mann. Die guten Worte ihrer Mutter, das bemerkte sie im Verlauf des Gespräches mehr und mehr, liefen ins Leere. So sagte sie fortan wenig, warf hier und da nur noch eine kurze Bemerkung ein. Sie war sicher, hätte sie Eduard mit einem anderen Mann betrogen, dann wäre diese Aussprache sehr hilfreich gewesen. Aber so?

Das Schöne an dem Telefonat war jedoch, die Fürsorge ihrer Mutter zu spüren. Es war nicht nur schön, sondern dummerweise auch ergreifend. Etwas packte sie, sie kämpfte mit den Tränen. Die Mutter schien die Verzweiflung in ihrer Stimme zu spüren und deutete sie fälschlicherweise als auf Eduard bezogen. Verbissen darauf konzentriert, sich nicht von ihren Gefühlen überwältigen zu lassen, bekam sie nicht mehr wirklich mit, was Ursula noch sagte. Schließlich musste sie kapitulieren. Der Trost, der in der Stimme der Mutter lag, ließ alle Dämme brechen; ihre Selbstbeherrschung war dahin. Die Tränen flossen hemmungslos, lautes Schluchzen brach aus ihr heraus.

Doch Charlotte wäre nicht Charlotte, würde sie sich nicht schnellstens wieder in den Griff bekommen. Denn auch wenn sie im Augenblick die Welt nicht mehr verstand, war ihr trotz der Heulerei der Vorteil dieser Situation bewusst: Des Sprechens nicht mehr mächtig, musste diese Lügengeschichte nicht mehr weitergesponnen werden, mehr als ein Schluchzen kam ohnehin nicht mehr aus ihrem Mund. Keine Chance.

„Soll ich mit ihm reden?" Nein, das sollte sie natürlich nicht; aber es war schon erstaunlich, dass sie diese Idee gar nicht für völlig abwegig hielt, sondern sie einen Augenblick lang in Erwägung zog. Auch das Angebot ihrer fühlbar besorgten Mutter, zu ihr zu kommen, musste sie zwischen zwei lauten Schluchzern mit einem deutlichen, wenn auch langgezogenem und von einem kleineren Schluchzer unterbrochenem Nein ablehnen.

Etwas ernüchtert flüsterte sie: „Es geht schon." Pause. Und dann: „Ich bekomme zu allem Überfluss auch noch meine Tage." Kaum hatte sie das ausgesprochen, zuckte sie zusammen. Bis dato hatte sie sich innerlich mit Händen und Füßen dagegen gewehrt, diesen Satz einmal zu verwenden. Jetzt war er hilfreich. Ein Standard: der Hinweis auf die Tage als Generalabsolution für alle Zustände einer Frau. Einer der eher idiotischen Lehrsätze Saskias. Zustimmendes Schweigen am anderen Ende der Leitung, als wäre damit alles erklärt. Sie beendeten das Telefonat.

Zusammengesunken hockte Charlotte auf dem Sofa. Sie wischte sich die Tränen aus dem Gesicht und dachte nach. Das Gespräch war unerwartet verlaufen. Was heißt unerwartet? Sie hatte doch gar keine bestimmte Erwartung gehab; die Idee, ihre Mutter anzurufen, war eher spontan gewesen. Dass sie sich plötzlich dem Gefühl von Ursulas Mutterliebe ausgesetzt sah, damit hatte sie nicht gerechnet.

Sie war hilflos untergegangen, befand sie. Charlotte schüttelte den Kopf. Sie zog geräuschvoll die Nase hoch und richtete sich kerzengerade auf, als wäre sie zur Urteilsverkündung bereit.

Eduard. Von irgendwo aus der Ferne stahl sich wieder ein heftiger Schmerz an sie heran. Zwei Tage war es her. Ihre folgenschwere Beichte, die eigentlich gar keine werden sollte, wenigstens nicht hauptsächlich. Inzwischen kam es ihr aber so vor. Sein zunächst nicht verstehender, dann ungläubiger Gesichtsausdruck. Richtig, es war eine Beichte, aber sie hatte auch das Bedürfnis gehabt, ihn daran teilhaben zu lassen: Sie wollte ihre Freude, ihre Verwunderung und ihr Verlangen, ihre Begierde mit ihm teilen.

Schon Sekunden nachdem sie von ihrem Erlebnis mit Saskia zu erzählen begann, beschlich sie das ungute Gefühl, dass ihre Geschichte bei Eduard gar nicht gut ankam. Aber da gab es kein Zurück mehr. Und dann hatte sie den Schmerz in seinem Gesicht gesehen; da wusste sie, was für einen Fehler sie gemacht hatte.

Charlotte rannen jetzt wieder die Tränen die Wangen entlang, kitzelten ihr Schlüsselbein. Das Gefühl erinnerte sie an damals, als Eduard es war, der ihr Schlüsselbein liebkoste. Für einen kurzen Moment schloss sie die Augen. Doch sie entging seinem Blick nicht, der sie seit vorgestern verfolgte. Dieser Blick, erinnerte sie sich: als hätte sie ihn erdolcht.

Ihr war ja klar gewesen, dass sie ein Risiko eingehen würde, aber sie hatte trotzdem nicht mit einer derart heftigen Reaktion gerechnet. Saskia war eine Frau, kein Mann – das war doch wohl etwas ganz anderes. Wieso konnte ihn das so verletzen?

Ein Satz ihrer Mutter kam ihr in den Sinn: „Sieh mal, Dein Eduard ist doch auch nur ein Mensch."

Ja, und Saskia auch, dämmerte es ihr. Schlaues Mädchen, dachte sie ironisch, und diese Feststellung entlockte ihr ein tränenverschleiertes schiefes Grinsen. Es ging nicht um Mann oder Frau, sondern um den anderen Menschen, und genau das hatte ihn verletzt. Herrgott wie dämlich, warum hatte sie nicht daran gedacht? Ihr Gesicht war nass vor Tränen.

Und in ihrer Einfalt hatte sie sich superklug geglaubt, nahm seine Beichte bezüglich Saskia als Aufhänger. Doch der Vergleich hinkte und zwar gewaltig. Denn er hatte es ja eben gerade nicht getan. Und er hatte ihr ganz überflüssigerweise seinen Kopf geboten, um sich richten zu lassen. Obwohl es keinen Grund gab, ihr davon zu erzählen. Nicht mal Ehrlichkeit.

Eduard war sich also einer Ungeheuerlichkeit bewusst gewesen, die er begangen hätte, wenn er es getan hätte. Und was hatte sie gemacht? Genau das, was zu denken für ihn schon Anlass genug war, ihr ein Geständnis zu unterbreiten, hatte sie getan – zu einem Zeitpunkt, an dem vielleicht schon der Gedanke daran nicht mehr in Ordnung gewesen war.

Diese und ähnliche Grübeleien befielen sie noch eine quälende weitere halbe Stunde. Mit anderen Worten: Charlotte drehte sich in Grund und Boden. Sie neigte eben in allem zur Perfektion.

Sie beruhigte sich. Und nachdem ihr Kopf wieder einigermaßen klar war, hatte sie endlich akzeptiert, dass es egal war, ob Saskia eine Frau war oder nicht. Es war unerheblich. All die Dinge, die Ursula ihr gesagt hatte, hatten Bestand. Jedenfalls die, die sie gehört hatte. Ein Teil war leider ihrem Versuch, Haltung zu bewahren, zum Opfer gefallen, ein anderer Teil der Kapitulation vor ebendiesem Versuch.

Das Telefonat war beendet, und es gab scheinbar unendlich viel Zeit zum Nachdenken.

Charlotte hatte sich wieder halbwegs beruhigt, lag auf dem Sofa und starrte hinauf zur Decke, als hoffte sie dort Antworten zu finden. Kein weiterer Riss im Putz, kein Grund zur Besorgnis. Nachkriegsgebäude, errichtet aus billigsten Baumaterialien. Was man eben gerade so zur Hand hatte, hatte ihr Großvater mal gesagt. Sie hatte diesen Satz immer komisch gefunden: so als würde man zufällig am Straßenrand etwas finden und sich dann denken, ach da baue ich doch mal ein Haus daraus. Ältere Leute sind sowieso etwas Seltsames, dachte sie. Selten war bei jemandem noch erkennbar, wie er vor ein paar Jahrzehnten ausgesehen haben mochte. Eduard war aber so jemand.

Es war erstaunlich: Er war einfach nur leicht angegraut und etwas faltig und wirkte dennoch noch immer jugendlich, Körper und Gesicht nicht so deformiert wie bei den meisten Männern bereits zur Mitte ihres Lebens. Zum Glück war Eduard nur angegraut, das gab ihr die Möglichkeit, ihre Sinne beisammen zu halten. Bei gänzlich grauhaarigen Köpfen, getragen von einem athletischen Körper, setzte ihr Verstand leider vollends aus.

Schmerzlich erinnerte sie sich an eine eher unrühmliche Episode mit jemandem, der zwischen ihr und einer Freundin damals nur "der, dessen Namen wir nicht in den Mund nehmen" hieß. Als der Schmerz dann so langsam dem Humor weichen konnte, bekam er noch den Zusatz "anderes schon". Sie grinste.

Ihr Blick wanderte suchend über die Buchrücken in ihrem Bücherbord und blieb an einer Stelle hängen: *Die perfekte Liebhaberin*. Der Ausgangszustand einer ihrer Liebhaber hatte die Lektüre im Grunde unentbehrlich gemacht. An ihrer Attraktivität würde es nicht liegen, hatte er sie beruhigt. Also hatte Charlotte ganz pragmatisch den Fehler in ihrer Technik gesucht, diesen Liebhaber beziehungsweise einen Körperteil von ihm in Form zu bringen. Das Buch beschrieb komplizierte Fingerverschränkungen und -verrenkungen, um die physische Performance des Mannes zu verbessern.

Doch schon beim ersten groben Durchblättern war ihre Aufmerksamkeit von der Hand zum Mund gewechselt. Wenn nur halbwegs stimmte, was da stand, könnte sie Eduard damit um den Verstand bringen. Im Leben nicht, aber die Vorstellung fühlte sich gut an. Ihre Hände wanderten in ihren Schoß. Vielleicht sollte sie ihre Kenntnisse mal wieder ein wenig auffrischen. Jetzt aber wandte sie sich ihren eigenen Bedürfnissen zu.

Ihre Fertigkeiten als Liebhaberin stammten also großenteils aus einem Buch. Für Charlotte war das geschriebene Wort die Hilfe für all ihre Probleme, mal abgesehen von ihrer beeindruckenden Pillensammlung. Fast alles, was sie wusste, hatte man ihr mit Büchern beigebracht, warum also nicht auch das. Hier und da ahnte sie, dass das vielleicht nicht der übliche

Weg war. Sie konnte Dinge eben weniger durch Erleben als durch darüber Lesen verstehen. Doch wenn es ihr richtig schlecht ging und sie sich fühlte, als befände sie sich in einer Blase aus dickem Nebel, dann halfen ihr auch die Bücher nicht mehr. Sie lieferte sich diesem Nebel aber nie ganz aus, soweit hatte sie sich im Griff.

„Der, dessen Namen wir nicht in den Mund nehmen" war einer der Gründe, warum sie irgendwann beschlossen hatte, Gefühle gar nicht erst aufkommen zu lassen. Instinkte ignorierte sie bewusst, einen Dienst hatten sie ihr eh nie erwiesen.

Wochenlang hatte sie sich nach dem Desaster mit dem Thema Liebe auseinandergesetzt und schließlich das Resümee gezogen, dass es Liebe nicht geben kann, nur eine Erfindung der Literatur. Im Grunde handelte es sich bei dem, was man Liebe nennt, um Sympathie gepaart mit Gewohnheit und mancherlei Annehmlichkeit. Daneben gab es eine kurzfristige Begierde, ausgelöst durch eine Ansammlung verschiedener Reize wie eben den grauen Haaren; darauf konnte sie sich einlassen.

Andere flippen bei Stupsnasen aus, dachte sie, und ich drehe eben bei grauen Haaren durch. Sie zuckte innerlich mit den Schultern. Hatte sich ihr Beuteschema im Laufe der Jahre verändert? Was für ein blödes Wort. Wenn es auf jemanden nicht passte, dann auf sie: Sie war das Opfer, hilflos ausgeliefert, und schon deshalb konnte sie sich nicht mehr verlieben. Diese Hilflosigkeit war kein gutes Gefühl.

Der oder keiner. So war es immer gewesen. Und der wurde es dann nie. Immer nur der andere. Mit einem Ruck setzte sie sich auf. Es war wirklich so: Keinen, den sie je gewollt hatte, hatte sie bekommen; immer hatten ihr ihre Gefühle fast gewalttätig im Weg gestanden. Mehr als eine Mauer des Schweigens oder Flucht hatte der Angebetete nie von ihr mitbekommen.

Schon als Kind war sie so. Abgesehen von dem ständigen Gefühl, irgendwie von den anderen ein wenig ausgeschlossen zu sein, nahm sie die Dinge immer etwas, nicht viel, aber eben etwas anders wahr. Und da sie sich selten äußerte, wäre niemand auf die Idee gekommen, dass mit ihr vielleicht etwas nicht stimmte. Ein wohlerzogenes stilles Kind. Ein meist stummes kleines Mädchen, das artig tat, was man ihm sagte, und sich ansonsten wunderbar mit sich selbst in seiner eigenen kleinen Welt zu beschäftigen vermochte. "Was haben Sie nur mit ihr gemacht, ganz entzückend", beglückwünschte einmal eine ältere Dame die Eltern.

Eine Bekannte ihrer Mutter sah dies jedoch anders und schenkte Charlotte bei ihren Besuchen auffallend viel Aufmerksamkeit. Diese Bekannte, Kinderpsychologin, sah es als ihre Pflicht an, damals den Eltern mitzuteilen, dass das Kind ihrer Meinung nach an *Selektivem Mutismus* leide und dringend in Therapie gehöre. *Selektiver Mutismus*, eine seltene und vor allem zu damaliger Zeit nicht sonderlich bekannte Kommunikationsstörung, die sich, vereinfacht ausgedrückt, in hartnäckigem Schweigen gegenüber bestimmten Personen und in sozialem Rückzug äußert. Ihr Stiefvater tat dies in abendlicher Diskussion im Wohnzimmer mit einer verächtlichen Handbewegung gegenüber ihrer Mutter ab und forderte diese lautstark und unmissverständlich auf, sofort den Kontakt mit der, so wortwörtlich, "verqueren Spinnerin" abzubrechen.

Die Lautstärke des Vaters war ausreichend genug, um Charlottes Aufmerksamkeit ein Stockwerk höher zu erregen. Sie riss sich von ihrem Buch los, schlich bis zum Treppenabsatz und lauschte neugierig dem Ausbruch des sonst eher zurückhaltenden Vaters. Sie verstand die ganze Aufregung nicht, schrieb sich aber neugierig das unbekannte Wort *Mutismus* auf, um es bei nächster Gelegenheit in der Stadtbibliothek nachzuschlagen.

Die Bibliothek war für Charlotte damals das, was anderen Kindern ihr Spielzimmer war. Mutter Ursula war stolz auf ihr so selbständiges kleines Mädchen, das nach der Schule den größten Teil der Nachmittage in der Bibliothek verbrachte. Dass das liebe kleine Mädchen damit ungehindert Zugriff auf nicht ganz so altersgerechte und damit ungeeignete Literatur haben könnte, kam ihr damals wohl nicht in den Sinn.

Oben auf dem Treppenabsatz hockend und eifrig mitschreibend, ahnte Charlotte allerdings schon, dass die Recherche nach diesem Wort keinesfalls einfach werden würde. Sie hätte mit ihrer Vermutung auch Recht behalten, hätte sie den Zettel nicht schon kurze

Zeit später verloren. Und nicht mehr vorhanden, war ihr sein Text und die Neugierde auch alsbald aus dem Sinn.

Wenn man auch die damalige Diagnose der Kinderpsychologin in Frage stellen mag, so hätte es Charlotte aus ihrer heutigen Sicht bestimmt gutgetan, hätte die Expertin sich ihrer annehmen können. Als Erwachsene konnte sie in ihrer Therapie nur noch versuchen zu verstehen, warum sie sich selbst so im Weg stand, sich häufig in Situationen nicht zurechtfand, in ihrem Intimleben aber weitaus wenig zurückhaltend, wenn nicht sogar süchtig experimentierfreudig war.

Zur Erleichterung ihrer Mutter, die ihren Mann nicht verärgern wollte, brach die Psychologin damals den Kontakt von sich aus ab. Erst Jahre später erfuhr Mutter durch einen Zufall, dass dies weniger der Tatsache geschuldet war, dass sie sie darum gebeten hatte, sondern vielmehr, weil sie nur einige Tage nach ihrem letzten Kontakt bei einem Verkehrsunfall tödlich verunglückte.

Charlottes Kindheit und Jugend waren durchzogen von Phasen großer ausgedehnter Langeweile. Ob es daran lag, dass sie selbst langweilig war oder die Welt um sie herum, konnte sie nicht sagen. Vermutlich waren die Grenzen fließend.

Der Kindergarten schien ebenso wie die Schulzeit nichts als eine lästige Station auf dem Weg zum Erwachsenwerden. Im Laufe der Jahre änderte sich für Charlotte nur die Perspektive: Aus der Froschperspektive wurde eine auf Augenhöhe. Während der Pubertät gab es, ausgeprägter als bei anderen, eine Phase heilloser Schwärmereien. Sofern Sie in Augenblicken gnadenloser Selbstkritik mit sich ins Gericht ging, musste sie zugeben, dass es sich immer um jemand handelte, der für sie, introvertiert und unscheinbar, wie sie war, unerreichbar blieb.

Niemals wäre sie damals auf die Idee gekommen, den jeweils Angebeteten einfach anzusprechen oder ihm sonstige Avancen zu machen. Sie himmelte still und mehr oder weniger zufrieden vor sich hin. Das Äußerste geschah, als sie einmal ihrer damals besten Freundin aufzeichnete, wie „Er" sich ihr in der Pause auf dem Schulhof genähert hatte – jeder professionelle Bankräuber in der Planungsphase wäre blass vor Neid gewesen. Geradezu akribisch zeichnete sie einen Plan vom Schulhof: die strategisch wichtigen Punkte wie die Mülleimer, Treppenaufgänge und Büsche, die „Er" auf seinem Weg kreuzte, umging oder bei denen er kurz haltmachte. Ein Gewirr von Pfeilen verdeutlichte der Schulfreundin die vollzogenen Positionswechsel, mit denen „Er" sich ihr vermeintlich annäherte. Schade, dachte Charlotte, dass sie diesen Zettel nicht aufbewahrt hatte. Auch wenn die Geschichte unglaublich peinlich war, war sie gleichwohl saukomisch.

Mit dem Abitur kam dann die Freiheit. Charlotte verließ ihr Elternhaus, begann in einer anderen Stadt zu studieren. Der erfreuliche Nebenaspekt der neu gewonnenen Unabhängigkeit war, zu tun und zu lassen, was die eigene Moral zuließ. Sie war voller Neugier auf alles, was man erst dann anstellen konnte, wenn man sich aus der Reichweite des elterlichen Schattens begeben hatte. Ungeachtet ihres introvertierten Wesens ließ es Charlotte nicht an Ausschweifungen mangeln, nur kam es ihr nie so vor, als wären es welche; sie selbst fand sich eher furchtsam und langweilig. Unangenehme Erlebnisse ließen sich dabei nicht ganz vermeiden; aber alles in allem war es eine vergnügliche Zeit, in der sie auf ihre Kosten gekommen war. Eine besonders unangenehme Erinnerung kam ihr jetzt in den Sinn. Sie hatte lange nicht mehr daran gedacht.

Während ihres Studiums verdiente sie sich einen guten Teil ihres Unterhalts mit einem Teilzeitjob als Assistentin in einer mittelmäßigen Werbeagentur. Sie fand, der Chef und sie verstanden sich wie zwei Kumpels einfach ganz gut, auch wenn er sonst mit seiner Weltanschauung und seinen schlechten Witzen nicht zu ihr passte.

Kinobegeistert lud er sie irgendwann zu einem privaten Filmabend ein. Gebannt vom Spielfilm schlürfte Charlotte unachtsam Sherry, als wäre es Bier. Am nächsten Morgen wusste sie nicht mehr allzu viel von diesem Abend; das wenige aber, was in ihrem Gedächtnis haften blieb, hatte es in sich:

Sie erinnerte sich, dass sie, mittelschwer betäubt, plötzlich einen Fremdkörper in ihrem Mund spürte. Es war etwas raues Dickes, dessen Spitze sich den Weg durch ihre Lippen und Zähne gebahnt hatte und nach ihren Mandeln zu suchen schien. Mühsam, aber eindeutig registrierte sie mit der sich aus ihrem Zustand zwangsläufig ergebenden Langsamkeit und soweit ihr eingeschränktes Sichtfeld es zuließ, dass der lustige Film wohl beendet war und jetzt etwas anderes auf dem Programm stand. Die Einschränkung des Sichtfeldes verursachte der Chef, der dickbauchig und entsprechend gewichtig auf ihr lag. Nachdem sie diesen Stöpsel mit seiner tintenfischtentakelnoppenartigen Oberfläche aus ihrem Mund entfernt hatte, machte sie ihren Chef mit erstaunlich deutlicher Aussprache auf sehr vernünftige Weise darauf aufmerksam, dass er doch gedenke, demnächst zu heiraten, sein Verhalten demnach gänzlich unangemessen und seine Zunge am falschen Ort gewesen sei.

Tage später schlussfolgerte sie, dass es wohl nicht so gut war, das Geschlecht des anderen unbeachtet zu lassen: Bei einem Mann übersieht man besser nicht, dass er einer ist. Diese Feststellung traf sie mit Bedauern und mit leichtem Achselzucken. Dann war es eben so.

Entsetzen wollte sich bei ihr nie einstellen, dazu betrachtete sie das Geschehene zu sehr mit Vernunft. Viel war im Grunde nicht passiert. Sein Motiv hatte sie schnell erkannt: Es war der Wunsch nach einem Statussymbol: die Assistentin als Betthase, sozusagen ein *Must have* für jeden Chef. Und wenn der gewünschte Betthase um Lichtjahre attraktiver war als der Chef, musste eben Alkohol zu Hilfe genommen werde. Der Plan ging jedoch nicht auf: Zum einen konnte Charlotte nun mal nicht so viel trinken, wie in der Situation nötig gewesen wäre, zum anderen war sie auch im betrunkenen Zustand noch von bemerkenswerter Selbstkontrolle.

Ansonsten waren es halbherzige Beziehungen, die sie nach und nach gelegentlich hatte. Später, als sie alt genug geworden war, um sich eingestehen zu müssen, dass es mit einer eigenen Familienidylle nichts mehr würde, stellte sie fest, dass sie dann auch keinen Mann haben wollte, nur um eine Beziehung zu haben. Nicht dass es eindeutige Versuche ihrerseits in Richtung Familiengründung gegeben hätte. Sie hatte den richtigen Zeitpunkt verpasst, und als ihr das auffiel, war es eben zu spät. Nicht dass diese Erkenntnis besonders schlimm war, aber schön war es auch nicht.

Charlotte ließ ihren Blick zum wiederholten Male durch den Raum und über das Bücherregal wandern und blieb abermals bei *Die perfekte Liebhaberin* hängen. „Der, dessen Namen wir nicht in den Mund nehmen": Sie ließ diese Umschreibung auf sich wirken, eine Gestalt entstand vor ihren Augen. Sie war eindeutig erkennbar; aber es war, als würden die Konturen an Schärfe verlieren. Sie konnte ihn sich nicht mehr klar vor Augen rufen, so sehr sie sich auch bemühte. Und der Schmerz: Sie versucht sich zu erinnern, wie es sich angefühlt hatte. Aber es kam nichts mehr. Zeit, so dachte sie, heilt anscheinend tatsächlich Wunden. Ein Lächeln erhellte Charlottes Gesicht: Zeit ist ein verlässlicher Freund.

Vor wenigen Jahren sah das allerdings noch ganz anders aus. In Phasen tiefer Trauer war sie ein wandelndes Häuflein Elend. Mehr nicht. Dann begann die Trauer sich mit Wut abzuwechseln: Wut auf sich selbst, auf das Gefühl des Ausgeliefertseins und ihren Gefühlen so machtlos gegenüber zu stehen. Das musste sich ändern, sie musste sich abhärten. Einen anderen Weg sah sie nicht.

Um sich des Schmerzes zu erwehren und um sich nicht länger als Opfer fühlen zu müssen, begann Charlotte sich selbst zu therapieren, und hierzu hatte sie sich eine Herausforderung der ganz besonderen Art ausgedacht. Sie brauchte die Erfahrung, jemanden zu begehren, ohne dafür Gefühle zu investieren. Eine Affäre. Ihrer Theorie nach fühlte sie nur deshalb so viel Schmerz, weil sie immer viel zu integer war, zu moralisch und zu unerfahren, in allem. Sie musste sich selbst vom Sockel holen. Ihr Schmerz musste so doch zwangsläufig kleiner werden, dachte sie damals.

Grundbedingung für die Umsetzung dieses Plans war natürlich, nicht vom Regen in die Traufe zu kommen, also sich auf keinen Fall unglücklich zu verlieben. Nur mit jemandem, bei dem von Anfang an klar war, dass er nicht zu haben war, konnte das funktionieren. Ein gebundener Mann musste her. Sie wusste, wenn klar war, dass dieser Mann nicht zu haben war, dann konnte sie sich nicht in ihn verlieben, ausgeschlossen.

Sie setzte den Plan in Form einer Anzeige unter „Sie sucht Ihn" in die Tat um und bekam tatsächlich Zuschriften. In den Tagen, in denen sie die wenigen Angebote sondierte, kam sie sich hinreichend verwerflich vor. Ein gutes Gefühl, fand sie. Was sie las, die Erklärungen der Männer, legitimierte ihr Vorhaben. Nicht ganz so hart gesotten wie gewünscht, brach sie nach einer Weile den Kontakt zum ersten Kandidaten, der zwar die von ihr verlangten Bedingungen – gebunden, ohne Trennungswunsch – erfüllte, aber leider weniger attraktiv und vom Typ völlig unpassend war, ab. Soweit ging ihr „Projekt", wie sie es nannte, dann doch nicht.

Einige Zeit später lernte sie auf diese Weise den scheinbar Richtigen kennen. Er suche eine Insel, schrieb er ihr, „die Rosinen für uns, den Rest für die anderen". Charlotte formulierte ganz klar die Bedingungen: Er dürfe seine Frau auf keinen Fall verlassen wollen. Es sei ein Projekt. Eine Insel, die nur aus ihnen beiden bestünde; keine Vergangenheit, keine Gegenwart, keine Zukunft sollte Teil dieser Welt sein. Niemand dürfe verletzt werden, absolute Verschwiegenheit und Diskretion. Bei ihrem ersten Treffen unterhielten sie sich folgerichtig lange über Moral. Ihrer Vorstellung nach musste sie nichts über ihn wissen, dies entsprach aber offensichtlich nicht seiner. Sternzeichen Löwe, ganz selbstverliebt und mitteilungsfreudig, aber ebenso selbstverzweifelt.

Missmutig stellte Charlotte fest, dass sie auf einen wirklich tollen Mann gestoßen war: gnadenlos offen, hinreichend kompliziert und grandios wach im Kopf. Ein begnadeter Texter, wenn auch häufig nicht jugendfrei. Optisch erfüllte er durchaus ihre Ansprüche, nur sein Lachen fand sie etwas eigentümlich. Kontrol-

144

liert klang es überzogen männlich, aber in übermütiger Stimmung entrutschte ihm gelegentlich ein hoher Kiekser. Es klang schrill.

Die wenigen Male, die sie zusammen waren, tat sie Dinge, die sie so noch nie getan hatte und vermutlich in ihrem Leben auch nicht wieder tun würde; sie waren unwiderruflich mit ihm verbunden. Charlotte musste bei der Erinnerung lächeln. Die Unbändigkeit, mit der sie agierte, war Selbstverpflichtung in dieser Zeit. Die „Insel" musste ausgenutzt werden; zu wertvoll und zu einzigartig war, was sie sich geschaffen hatte.

Sie war sich sicher, nicht verliebt zu sein; es hatte funktioniert. Sie stellte keine Ansprüche, die Rahmenbedingungen waren ja klar gesteckt, aber trotzdem machte er ihr schnell das Leben schwer. Er hielt sich nicht an die Regeln, erzählte von seinem Daheim, den Zuständen. Was war Dichtung, was Wahrheit? Es war kaum herauszufinden. Es ging ihm nicht gut. Er fing an, sie verbal anzugreifen. Sie konnte seinen Gedankengängen und Schlussfolgerungen kaum mehr folgen.

Die Atmosphäre änderte sich. Er verhielt sich, als müsse er seine Familie vor ihr, ausgerechnet vor ihr, schützen. Damals dachte sie, es läge daran, dass er den Wert seiner Familie erkannt hatte, dass ihre Affäre damit auch für ihn ihren Zweck erfüllt hätte. Deshalb beendete sie das Projekt so sauber und sachlich wie begonnen. Auch weil sie die Last seiner Worte nicht mehr ertragen konnte.

Trotz allem wünschte sie ihm, dass sich alles für ihn zum Guten wenden würde. Sie jedenfalls hatte sich befreit. Hin und wieder kam er ihr in den Sinn; sie bedauerte zutiefst, dass sie ihn zum falschen Zeitpunkt getroffen hatte. Andererseits war sie sicher, er hätte ihr nie Luft zum Atmen gelassen.

Ein Zufall wollte es, dass sie sich zwei Jahre später wieder über den Weg liefen. Er in Begleitung eines um einige Jahre älteren, sehr elegant gekleideten Mannes, hatte sein Äußeres stark verändert, auffallend modisch. Fast geckenhaft, fand sie, und staunte nicht schlecht, als sie einander vorgestellt wurden. Etwas verlegen, mit dem ihr noch gut im Ohr haften gebliebenen schrillen Kiekser im Lachen erläuterte er: „Mein Mann."

Charlotte musste schwer schlucken bei der Erinnerung an die Nacht nach dieser Begegnung. Schlaflos hatte sie sich bis in die frühen Morgenstunden im Bett gewälzt. Es war weniger die Begegnung, die schwer auf ihr lastete. Es war die Verzweiflung über ihren Instinkt, der sie damals wohl völlig verlassen hatte. Warum hatte sie nicht bemerkt, was ihr jetzt so offensichtlich ins Auge sprang?

Ihre Gedanken drehten sich in dieser Nacht. Was hatte er ihr nicht alles erzählt. Er hatte immer von „ihr" oder „sie" gesprochen. Sie dachte, er spräche von seiner Frau oder Freundin. Nach der genauen Verbindung hatte sie ja nicht gefragt, sie hatte es nicht wissen wollen. Hatte sie alles gründlich missverstanden? Wen hatte er mit „sie" und „ihr" gemeint? Hatte er in

Wirklichkeit von seiner Mutter gesprochen? War Charlotte ein Testobjekt gewesen, um sich seiner Sexualität sicher zu werden? Sie versuchte sich in dieser Nacht daran zu erinnern, wie es gewesen war, wenn sie beieinander lagen, aber es wollte sich keine besondere Erinnerung bei ihr einstellen. Was sollte das Ganze? Diese Frage hatte sie sich bis heute nicht zufriedenstellend beantworten können.

Zum Glück war sich Charlotte dann bald der komischen Seite dieser Geschichte bewusst geworden. Die machte es erträglich, und das Ganze verhalf ihr immerhin zu der Einsicht, dass ihre selbsttherapeutischen Ansätze vielleicht doch keine so gute Idee waren. Es war an der Zeit, sich mit diesen Problemen in professionelle Hände zu begeben.

In voller Gänze hatte sie sich ihre Vergangenheit mit Männern so noch nie vor Augen geführt. Eduard kam ihr wieder in den Sinn. Die Sache mit Saskia, aber auch ihre missverständlichen Andeutungen, die sie ihm gegenüber während des Saunabesuches gemacht hatte. Sie musste da einiges erklären, so bald wie möglich mit ihm reden. Selbst wenn es mit ihnen beiden nichts mehr werden sollte, sie mussten darüber sprechen. Eduard war ihr wichtig, er hatte ihr so gutgetan.

Und wäre sie nicht der Ansicht, es gäbe keine Liebe, dann müsste sie sich eingestehen, dass sie sich längst in ihn verliebt hatte.

Sie schaute auf die Uhr. Für einen Anruf war es jetzt zu spät. Viel zu spät.

Nach einer kurzen, unruhigen Nacht, die sichtbare Spuren um Charlottes Augen hinterlassen hatte, fokussierte sie ihr Problem.

Wie nun weiter? Sie wusste es immer noch nicht. Was könnte sie ihm sagen? Etwa: Ich mag Dich unwahrscheinlich gern, es war alles so gut, aber ich habe wegen Saskia kein schlechtes Gewissen. Es fühlt sich richtig an, das getan zu haben. Es wäre so schön und so einfach, wenn es so ablaufen könnte. Sie fürchtete aber – nein, sie war sich im Grunde sicher – dass Eduard es ihr nicht so leichtmachen würde.

Bestandsaufnahme, noch einmal. Während sie sich einen Tee zubereitete, ließ sie das Telefonat mit ihrer Mutter und dann die ganze Misere Revue passieren. Sie hatte mit ihrer gut gemeinten Ehrlichkeit Gefühle verletzt. Fakt. Und genau deshalb konnte sie sich kaum hinstellen, mit dem Finger schnipsen, als würde sie sich wie ein Schulmädchen melden, dabei auf und ab hüpfen und plärren: Aber ich war doch ehrlich, deshalb ist doch alles wieder gut.

Sieben Uhr morgens. Charlotte war endlich so weit; einmal mehr hatte sie sich gewissenhaft auf ein heikles Telefonat vorbereitet und das Krisengespräch antizipiert. Einmal tief durchatmen und dann ... Das Telefon klingelte. Ursula? Nicht jetzt, bitte. Saskia? Die jetzt bitte erst recht nicht. Sie griff zum Apparat. „Grieseling" „Ich bin´s, Eduard. Ich will mit Dir reden. Jetzt gleich. Bei Dir?"

So kurz und direkt mochte sie es eigentlich nicht, bei Eduard schon. Es gefiel ihr, wenn er nicht zögerlich, sondern direkt war – der Eduard Wolf in Eduard.

Sie öffnete ihm, und grußlos setzte er sich, offenbar noch immer ziemlich aufgebracht. Charlotte sollte ihm erklären, was für sie das Besondere an Saskia war und warum sie sich ausgerechnet jetzt dazu hatte hinreißen lassen. Sie erklärte ihm im Detail, was da passiert war, und so gut sie konnte auch das Warum. Er schien verblüfft: nicht nur zu erfahren, um was es ging, sondern auch, dass es ihr offensichtlich nicht peinlich war, es zu erzählen. Er hätte sich das an ihrer Stelle nicht getraut. Sie schien ohnehin deutlich mutiger zu sein als er; und obwohl es so wehtat, bewunderte er diese zwar ungewöhnlich verletzende, aber auch entwaffnende Direktheit.

Sie betonte, dass es in keiner Weise an ihm lag und dass es wohl nicht darum ging, dass Saskia eine Frau war. „Es war Gänsehaut pur, ich habe so etwas noch nie erlebt.“

Eduard sprach das Naheliegende an: „Meinst Du, dass Du damit aufhören kannst?“ Was für eine seltsame Formulierung; sie hatte ihn das auch mal gefragt, aber da ging es um so etwas Banales wie das Rauchen. Sie wusste es nicht. Sie wollte ihn nicht verlieren, aber ihm auch keine falschen Versprechungen machen.

„Ich will Dich als Freund, es ist gerade alles so schön. Du bist so, wie ich mir einen Mann immer gewünscht habe, so ungewöhnlich, so sinnlich und sensibel, aber ich habe wegen Saskia kein schlechtes Gewissen. Es fühlt sich richtig an, das getan zu haben. Leider."

Sie fügte noch etwas an, was ihn aufhorchen ließ: „Es war das Tier in mir. Es war so lange in meinem Inneren gefangen, ich will das nicht mehr."

Nun sagten sie beide erst einmal gar nichts mehr, sondern grübelten stattdessen eine Weile über die artgerechte Haltung ihrer inneren Tiere.

So viel anders, musste Eduard sich eingestehen, dachte er darüber auch nicht. Warum war er eigentlich eifersüchtig auf eine Person, mit der er schon prinzipiell nicht mithalten konnte? Konnte er es nicht einfach tolerieren und darauf hoffen, dass es das Verhältnis zu ihr nicht beeinträchtigte? Vielleicht, aber keinesfalls wollte er sich hintergangen fühlen. Doch das musste er jetzt ja nicht mehr. Und er wollte sich auch nicht ausgeschlossen oder zurückgesetzt fühlen. Das Ganze schien absurd: Er konkurrierte mit Saskia, aber in seinem unbestreitbaren Interesse an Saskia konkurrierte er auch mit Charlotte.

Es kam ihm dann ein, wie er fand, gleichermaßen ungewöhnlicher wie naheliegender Gedanke: warum es nicht zu dritt versuchen? Sich zumindest einmal zu dritt treffen und vielleicht alle drei davon profitieren. Völlig neue Erfahrungen machen und abwarten, was sich daraus entwickelt. *Ménage-à-trois*, erinnerte er sich, was für eine verharmlosende Umschreibung; als ginge es um einen Haushalt mit drei Personen. Vielleicht ließ ja die Attraktivität, die Saskia auf beide

ausübte, bald nach. Vielleicht war das aber auch –
schwer vorstellbar, aber nicht auszuschließen – ein
machbarer Zustand für länger. Folglich entweder eine
Win-win-Situation oder ein beschleunigtes Ende einer
kurzen innigen Beziehung.

„Was für ein blöde Idee", beschied sie ihm und
schaute dabei ungewohnt unfreundlich, geradezu
grimmig. Ähnlich grimmig, wie er es aus jüngerer Zeit
nur von seinen beiden Kontrahenten aus dem Rotkäppchentraum kannte.

Betretenes Schweigen. „Warum nicht", grummelte
sie schließlich; und es war offensichtlich, dass diese
Vorstellung in ihr keine Euphorie erzeugte. Sie wollte
damit also sagen, dass ihr gerade auch keine bessere
Lösung einfiel. Dann umarmten sie sich innig und
lange. Hielten sich fest, als hätten sie Angst, sich zu
verlieren. Sie wussten beide, wie viel sie zu verlieren
hatten.

Also gut, sie würde es übernehmen, die Freundin
einzuladen.

Saskia war ausnahmsweise ein wenig verwirrt, aber
nur ein wenig. Soeben hatte Charlotte sie überraschend angerufen und vorgeschlagen, sich doch einmal zu dritt zu treffen, um auszuprobieren, wie ihnen
das gefällt. So in der Art „alles kann, nichts muss". Die
beiden hatten sich also ausgesprochen und dies als
wohl beste Lösung erkannt. Die Idee dürfte von Ede
stammen, und Charlotte waren offenbar keine Argu-
mente eingefallen, die dagegen sprachen. Sehr interessant. Interessant wäre so ein Treffen allemal, denn

zu dritt hatten sie sich noch nie auch nur einen Augenblick lang gesehen. Das Problem: In Saskias Interesse lag das eher nicht.

Es war für sie in jeder Hinsicht attraktiver, Charlotte und Ede einzeln zu begegnen. Und dabei spielte es eigentlich keine Rolle, ob die beiden offen damit umgingen oder es heimlich taten – beide Szenarien hätten ihren individuellen Charme. Wie schon seit Silvester wollte sie lieber weiterhin im Hintergrund bleiben und von dort agieren. Selbstverständlich hatte sie sich ihre Skepsis nicht anmerken lassen und sofort scheinbar begeistert zugesagt. Damit dieser Abend für sie artgerecht ablaufen und ein zufriedenstellendes Erlebnis würde, bedurfte es wohl zweier Ingredienzien:

Zum einen müsste sie selbst von Beginn an den Ablauf bestimmen. Und zum anderen sollte sie die beiden mit einem weiteren Geständnis überraschen, das sie verunsicherte, wenn nicht gar schockierte. Gedanklich blätterte sie den Stapel an potentiellen Geständnissen mal durch und zog das passende heraus: das heftigste, unglaublichste.

Vielleicht würde es ja tatsächlich ein schöner Abend werden – übermorgen Abend. Also noch ein Tag Zeit, um sich darauf vorzubereiten. Saskia würde ihn dafür nutzen, Charlotte bestimmt auch.

An diesem Tag vor dem Tag lag Charlotte wie üblich auf ihrem Kuschelteppich.

Und hatte es mal wieder gar nicht eilig: meditieren, nachdenken, die morgendlichen Yogaübungen längst hinter sich gebracht. Jetzt wurde sie wieder müde und konnte die Augen kaum noch offenhalten. Ihr Blick schweifte wie so oft über die wandfüllenden Bücherregale; alles staubfrei, korrekt ausgerichtet und thematisch sortiert. Meterweise Bücher über Architektur, Inneneinrichtung, Feng Shui. Einiges über Yoga, Homöopathie, Heilfasten. Werke von Kleist, Kafka, Goethe. Auch Grass, Borchert, Böll. Dazu Ratgeber von Dodson, Kinsey, Hite. Ganz oben, und damit nicht gerade ins Auge springend: *Justine*, *Opus Pistorum*, *Wendekreis des Krebses*.

Das, was man so braucht, um als weltgewandte Frau mitreden zu können. Unendliche Weiten an Buchrücken in ermüdend langweiliger Ordnung.

Die Lider fielen schon wieder zu. Rein zufällig sprang ihr heute erstmals ein kleiner schwarzer Fleck ins Auge: Ein Makel, der sie irritierte; etwas, was dort nicht hingehörte. Eine Fliege konnte das nicht sein, was dann? Kaum größer als eine Erbse, exakt kreisförmig und mittig glänzend.

Wie in Trance stand sie auf und näherte sich dem kreisrunden Etwas. Jetzt hatte sie begriffen, um was es sich handelte, und es bedurfte nur noch Sekunden, um auch das Warum zu begreifen. Das konnte nicht sein, dachte sie, doch eigentlich wusste sie längst: es konnte. Das war nicht nur geschmacklos, es war ganz übel. Sie riss einige Bücher aus dem Regal, sah das dünne Kabel und folgte ihm mit Augen und Händen. Es verlief auf dem Fußboden zur Wohnungstür. Sie griff danach, zog daran und verfolgte es bis ins Treppenhaus. Sie begann die Treppen hinab zu rennen, immer diesem verflixten Kabel hinterher, öffnete die Haustür und sah es quer über die Straße verlaufen, bis in das gegenüberliegende Haus hinein.

Außer sich vor Wut hämmerte sie an die verschlossene Tür, welche der weiteren Kabelverfolgung im Wege stand. Vier Klingeln mit Namensschildern. Mit zwei Daumen und zwei Zeigefingern drückte sie alle auf einmal; wild entschlossen, so lange Lärm zu machen, bis ihr jemand öffnete. Und wenn es Stunden dauerte! Die Fingerkuppen schmerzten bereits, und das schrecklich dissonante Mehrfachklingeln zerrte an ihren Nerven. Da sich trotz ihrer Anstrengungen schon seit Minuten nichts und niemand rührte, überdachte sie die Situation: Wer würde so etwas tun? Und warum dafür ein hundert Meter langes Kabel nehmen? Allmählich wurde ihr klar: Niemand würde so etwas tun, niemand würde so ein Kabel quer über die Straße legen.

Sie schüttelte sich, richtete sich auf und beruhigte sich ganz langsam: Offenbar hatte sie das alles nur geträumt. Welch ein seltsamer Traum für jemanden, der gemeinhin nicht zu schlechten Träumen neigte: Kam da morgen etwas Ungutes auf sie zu?

Eduard hatte es bereits geahnt: Es würde heute mal wieder einen Abend mit ganz unerwartetem Verlauf geben.

Im Zusammensein mit Charlotte war damit immer zu rechnen, doch mit Saskia gab es quasi eine Garantie dafür. Und deswegen war er noch nervöser als sonst, wenn etwas Neues auf ihn zukam. Das hier war verdammt neu. Wie vereinbart um acht drückte Saskia den Klingelknopf, er ließ sie hinein. Charlotte hielt sich da noch im Bad auf, hatte natürlich mitbekommen, dass der Besuch erschien. Bewusst ließ sie sich Zeit, denn es war ihr – charlotteske Zurückhaltung und Berechnung – ganz recht, dass sich die beiden zunächst einmal ungestört beschnupperten. Für Höflichkeiten und Förmlichkeiten hatte sie als Gastgeberin jetzt ohnehin keine Muße. Schließlich kannte sich Saskia hier bestens aus, würde sich selber etwas zu trinken nehmen; hier essen, duschen, wohnen oder schlafen: wann, wo, wie und mit wem auch immer sie wollte. Zur Stärkung waren Pfirsiche und Rosensekt bereitgestellt – ein Tipp aus *Der Haushalt zu dritt*, einem einschlägigen Ratgeber.

„Hase, komm doch zu mir aufs Sofa. Oder soll ich lieber Ede sagen, so wie früher?" Saskia öffnete ihre Bluse, zog sie aus, zog alle Register, spielte probeweise auf die gemeinsame Schulzeit an. Dieses zusammen auf dem Sofa Sitzen war für ihren Hasen bereits ein *Déjà-vu* par excellence: intensive Erinnerungen an jene saskianische Intrige, die mit einem „feuchtfröhlichen" Happening im Treppenhaus endete. Die neunundachtzig Euro für den *Champagner*-Lieferservice hatte er damals noch nachträglich begleichen müssen und war letztendlich froh, dass Signore *Amore mio* von einer Anzeige wegen Körperverletzung abgesehen hatte. Hoffnungsvoll setzte er sich zu ihr.

Ihren seitlichen Augenaufschlag hatte sie zu Hause gelassen, dieses Mal würde es bestimmt auch ohne gehen. Mitgebracht hatte sie hingegen wieder ihren roten BH, der bei ihm sofort den beabsichtigten *Pawlowschen Reflex* auslöste. Selbstverständlich konnte man Ede unmöglich mit Pawlows Versuchstieren gleichsetzen, denn die reagierten mit Hecheln und Sabbern; er hingegen besaß darüber hinaus noch die Fähigkeit zu schwitzen. Nachdem der BH seine Schuldigkeit getan hatte, streifte sie ihn ab und mahnte Edehase, doch seine Zurückhaltung aufzugeben. „Diesmal darfst Du mich in Ruhe angucken, nur keine Scheu!"

Neu im Angebot und für Eduard eine Offenbarung waren ihre silbernen Ohrringe; und die trug sie nicht dort, wo man das gemeinhin vermuten durfte, sondern eben dort, wo man das bei Saskia vermuten musste. So wie Eduard sie einschätzte, besaß sie nicht nur zwei dieser Ohrringe.

Saskia hatte also alles im Griff, selbstverständlich auch Charlotte, die genauso zuverlässig auf das Repertoire an Reizen reagieren würde. In diesem Moment trafen sie endlich zu dritt aufeinander. Sie setzten sich auf den für solche Zwecke bewährten weißen Flausch-teppich. „Bleibt ganz entspannt", säuselte Saskia und zog sich währenddessen schon mal vollständig aus, „ich bleibe heute außen vor und schaue Euch nur zu." Drei schmückende Ringe und eine atemberaubende Tätowierung: Eduard sah sie jetzt das erste Mal in ihrer ganzen Pracht. Die Anziehung, die sie dergestalt auf beide gleichermaßen ausübte, war schwer zu über-bieten.

„Interessante Idee", murmelte Eduard inspiriert, transpirierte irritiert und blickte dabei fragend zu Charlotte. Die schien anscheinend nichts dagegen zu haben, schwieg jedoch bislang hartnäckig. Statt etwas zu sagen, flüchtete sie schon wieder ins Bad, kehrte aber bald mit dem Gästehandtuch zurück. Sie war geübt darin, Coolness vorzutäuschen: „Wie ich Dich kenne, wirst Du das brauchen." Stille.

„Ich muss Euch etwas beichten", begann Saskia, und man merkte ihr an, dass sie jetzt doch von einer gewissen Nervosität befallen war. „Das, von dem ich gerade gesprochen habe, ist nicht ganz neu für mich."

Ach was, dachten die beiden anderen völlig syn-chron, schließlich kannten sie Saskia schon ganz gut. Eigentlich gut genug, um sich bei ihr und diesem Thema über nichts und absolut rein gar nichts niemals nie wieder auch nur einen winzig kleinen Augenblick lang wundern zu können. Aber damit hatten sie die Freundin leichtfertig unterschätzt.

„Also, äh, ich habe Ende letzten Jahres zufällig da-von erfahren, dass eines von den Apartments bei Dir gegenüber leersteht", erläuterte sie und zeigte mit dem Finger nach schräg oben aus dem Fenster. „Und das habe ich für ein paar Monate angemietet. War gar nicht so teuer."

Eduard ahnte nicht, worauf sie hinauswollte, Charlotte hingegen augenblicklich: Das hier, das war der reale Hintergrund ihres Traumes!

Nein, keine Miniaturkamera, die sie infolge ihres Putzzwanges eh bald entdeckt hätte. Saskia besaß ja schon lange ein riesiges 25 x 100 Fernglas mit Echtholzstativ. Zur Vögelbeobachtung, wie sie ihr auf Nachfrage mal lapidar mitgeteilt hatte. Charlotte hatte damals nicht nachgehakt, ein für sie uninteressantes Hobby. Selbstverständlich war sie davon ausgegangen, dass es sich um eine ehrliche Antwort handelte und nicht um eine Notlüge.

Jetzt fasste sie sich an den Kopf: Das war keine Notlüge! Wie kann man als intelligenter Mensch derart naiv sein? Und wie sehr mag Saskia sich wohl deswegen über sie amüsiert haben. Aus dreißig Metern Entfernung selbst bei mäßigen Lichtverhältnissen ein Heimkinoerlebnis. Das Nachdenken hörte nicht auf, nichts und niemand lenkte sie in dieser gespenstischen Stille davon ab.

Und jetzt begriff sie so langsam das eigentlich Unbegreifliche: dass die gesamte Silvesterparty und vieles, was danach folgte, einem Drehbuch von Saskia entstammte. Dass Saskia alles geplant, inszeniert, gewusst und im Detail gesehen hatte. Dass sie, Charlotte Grieseling, nichts weiter als eine Marionette in einem einzigartig perfiden Spiel war. Die angebliche Seuche, die psychopharmakaverseuchte Bowle, Eduards geknacktes Briefkastenschloss, die luftlosen Autoreifen, das gestohlene Fahrrad, das Telefon, das nicht funktionierte, die verschwundene Gästeliste, die sich bewegende Gardine gegenüber ...

Sie holte mehrmals tief Luft, atmete kontrolliert aus und versuchte ganz ruhig zu bleiben, um das mit möglichst großer Abgeklärtheit auf sich wirken zu lassen. Sie redete – wenig überzeugend – in Gedanken auf sich selbst ein: Das war eben so, das gehörte einfach dazu. Wenn man eng mit Saskia befreundet sein wollte, gehörte das einfach dazu. Es störte sie in diesem Moment tatsächlich nicht. Sie wusste, dass sie völlig unnormal sein musste, wenn sie das hier nicht störte.

Es schien die Woche der einstürzenden Fassaden und der sich im Nichts auflösenden Gewissheiten zu werden. Mutters Korrektheit und ihre absurd lange währende Erziehungstätigkeit, aber auch Charlottes eigenes rationales staubfreies Dasein: alles in Trümmern liegend. Desorientierung und Verwirrung als neue dominierende Gefühle. Das Tröstliche: die Aufrichtigkeit und die Menschlichkeit, die bei diesen Zusammenbrüchen zum Vorschein gekommen waren. Ob das eigene kleine Leben der Norm entspricht: unwichtiger denn je. Im krassen Gegensatz dazu die Freundin, hinter deren Fassade das perfekt organisierte Böse lauerte. Verbunden mit einer Kälte, die betäubte und lähmte, die erschaudern ließ.

Charlotte war jetzt – ohne Alkohol, ohne *Diazepine* und mittlerweile auch ohne jegliches Lustempfinden – klar im Kopf wie schon lange nicht mehr. Sie grübelte weiter. Grübelte vor sich hin. Grübelte und grübelte, bis sie realisierte, dass alles noch unendlich viel schlimmer war:

Saskia hatte sich ihr vor einem Jahr als Therapeutin für ihre Beziehungsunfähigkeit aufgedrängt; und arglos, wie Charlotte war, hatte sie sich dazu überreden lassen. Anstatt ihr zu helfen, machte Saskia sie, nachdem sie genug Intimes wusste, erst zur allerbesten Freundin und kürzlich auch noch zum Lustobjekt; förderte über Monate sehr behutsam, aber zielstrebig das Interesse am weiblichen Geschlecht; schaute sich aufmerksam an, welche Vorlieben ihre Versuchsperson hatte. Und zu all diesen Abhängigkeiten fügte sie dann als Sahnehäubchen noch eine Tablettenabhängigkeit hinzu.

Charlotte fühlte sich kraftlos; es war alles so widerwärtig, aber zugegebenermaßen auch beeindruckend. Ein beklemmendes Gefühl hoffnungsloser Unterlegenheit. Sie wusste einfach nicht mehr weiter; war kurz davor, sich aufzugeben oder sich zumindest zu übergeben. Vielleicht das Beste, was sie an diesem Abend noch tun konnte.

„Eduard hat es sicher nicht verstanden, erkläre es ihm bitte!", flüsterte Charlotte matt. Und Saskia erklärte es. Natürlich nicht alles, aber immerhin den Sinn und Zweck des Apartments. „Es war mir einfach zu blöd, das länger vor Euch geheimzuhalten", endete sie rechtfertigend. „Ich habe keine Lust mehr auf Spielchen. Der Mietvertrag ist bereits gekündigt."

Eduard wusste nicht recht, was er davon halten sollte; dazu hatte ihm seine furchtbare Mutter nie etwas mit auf den Weg gegeben. Was hier ablief, erschreckte und faszinierte ihn gleichermaßen.

Das Gute: Wenn er jetzt nicht ausrastete und vielleicht sogar Gefallen daran fand, dann hätte er sich von Mama gründlich und endgültig emanzipiert. Ja, er würde ihr – und wenn sie der Schlag träfe – baldmöglich in drastischer Ausführlichkeit von diesem Treffen hier erzählen! Seine Mutter mit ihrer scheinbar unstillbaren Neugier besaß doch ein Recht darauf zu erfahren, dass er jetzt eine vollends enthemmte Partnerin hatte und die wiederum eine offensichtlich perverse Psychopathin als Geliebte, welche den einst so wohlbehüteten Sohn ... Die Mutprobe seines Lebens. In ihm erwuchs gerade eine unbändige Lust auf Mutproben. Jetzt saß er also zwischen zwei verstummten angespannten Frauen, und es ging ihm wahrlich nicht schlecht.

Etwas in ihm war heftig versucht, Saskia abermals anzuschreien, zu beschimpfen und sie bis zum fünfundsiebzigsten Klassentreffen zu verbannen; aber er fühlte sich ungleich stärker im Vergleich zum letzten Aufeinandertreffen mit ihr. War sie ihm wirklich so überlegen, konnte sie ihn nach Belieben manipulieren? War er das Kaninchen vor der Schlange beziehungsweise der Hase vor dem Skorpion? Vielleicht hatte er ihr bislang diesen Eindruck vermittelt – das sollte sich ändern lassen. Eduard handelte mal wieder rein intuitiv; es war ihm in diesem Ausnahmezustand unmöglich, sich vorab der Konsequenzen seines Tuns gewahr zu werden. Und er fühlte plötzlich eine Heiterkeit und Gelassenheit in sich, die ihn beflügelte.

Ganz locker streifte er sein bereits geöffnetes Hemd ab, stellte sich vor die nackte Saskia, zog sie hoch und drückte sie heftig an sich. Küsste sie eduardesk intensiv überall dort, wo es ihm beliebte, und begann mit beiden Händen an ihrem Schmuck herumzuspielen. Eine dritte Hand wäre dafür durchaus hilfreich gewesen, aber auch so war der Effekt beeindruckend.

Charlotte hatte das Gefühl, dass sie mittlerweile nichts mehr schockieren konnte, zumindest das war beruhigend. Also einfach mal abwarten und beobachten, wie sich diese in ihrer Wahrnehmung einmalig schräge Situation entwickeln würde, sie hatte keinerlei Idee. Aber es war ihr bewusst, dass auch das hier einer der Momente war, die man in seinem Leben nicht mehr vergisst.

Was sie geboten bekam, gefiel ihr wider Erwarten zusehends: Sie hörte Saskia minutenlang leise wimmern, beinahe überlaufen vor Wohlgefallen. Noch interessanter aber war es, Eduard zu beobachten: eine schelmische Selbstsicherheit, die sie ihm in dieser Ausprägung gar nicht zugetraut hätte. Allmählich wurde ihr klar, dass hier gerade Erstaunliches ablief: Die Rollen hatten sich längst vertauscht. Eduard genoss es anscheinend, was er tat, war dabei aber offensichtlich nicht erregt. Als abruptes Ende dieser kleinen Zweisamkeit legte er ihr seine nassen Hände auf die Schultern, wischte kurz mit dem Unterarm den Schweiß von ihrer Stirn und blickte ihr dann in die Augen. Pause.

„Ich mag Dich sehr. Und Du darfst jederzeit an mich denken und mich bei allem beobachten, was Dir gefällt." Pause.

„Aber jetzt geh bitte!"

Wie zu erwarten, wirkte Saskia geradezu paralysiert; ähnlich schwer verstört, wie er es kürzlich bei ihrem Besuch gewesen war. Selbstverständlich wollte und konnte sie nicht gehen, aus den verschiedensten Gründen. Mit festem Griff packte er sie am Oberarm, zerrte sie Richtung Ausgang, schob sie ins Treppenhaus und ließ die Tür ins Schloss fallen.

„Hallooo, ich bin nackt!", kreischte es kurz durch die Tür, danach sofort Stille. Vielleicht war ihr eingefallen, dass lautes Schreien in ihrer Situation keine sonderlich gute Idee war. Er gab ihr sich wie eine Ewigkeit anfühlende dreißig Sekunden Zeit zur Besinnung und öffnete dann noch einmal kurz einen fußbreit die Tür. Musterte sie gründlich von oben bis unten und antwortete freundlich resümierend:

„Ich würde sagen, Du bist nackter als nackt. Deine Sachen liegen draußen vor dem Haus. Pass gut auf Dich auf!"

Schloss die Tür, griff sich hastig ihre Handtasche, Schuhe und Kleidung und warf alles so aus dem Fenster, dass es sanft im Schnee des Vorgartens versank.

Nur der BH verfing sich in zwei Metern Höhe in einem Rosenstrauch – zwei rote Blüten im Winter, schön anzuschauen. Und sie war ja groß genug, um da heranzukommen. Vielleicht.

Vor einer halben Stunde erschien ihm sein Hirn noch ähnlich fehlprogrammiert wie damals nach dem vierten Glas Bowle, jetzt hatte es seine reguläre Tätigkeit längst wieder aufgenommen. Kein schlechtes Gewissen, nur noch gute Gefühle. Er hatte gerade eine, nein eigentlich zwei Frauen aus seinem Leben geworfen und fühlte sich gleich geschätzte einhundertvierzig Kilogramm leichter. Das Leben war schön, die Zukunft konnte beginnen!

Eduard schloss das Fenster und erinnerte sich erst jetzt wieder an die letzte noch verbliebene Frau in seinem Leben. Er schaute sich um und fand sie in sich gekehrt, dem Bücherregal zugewandt, ein vergilbtes Taschenbuch in der Hand haltend. Langsam drehte sie sich zu ihm und zeigte ihm das Cover.

Nein, es war nicht das *Opus Pistorum*. Es waren nicht *Die Wahlverwandtschaften*. Es war Wolfgang Borcherts *Draußen vor der Tür*.

Vier grünblaue Augen schauten sich sehr lange an, und erst dann begann ein vertrautes Grinsen. Eine Träne kullerte bei ihm und dieses Mal auch bei ihr.

„Du warst großartig. Ich liebe Dich."

„Ich liebe Dich auch."

„Nur wir zwei?" „Ja!"

„Bist Du sicher?"

Wie meinte sie das bloß?

166

Er kramte kurz in der untersten Schublade seines Bewusstseins und trat daraufhin noch einmal ans Fenster, gerade noch rechtzeitig: In der Ferne sah er ein weißes Wesen, das sich ein letztes Mal zu ihm umdrehte und ihm zum Abschied zuwinkte.

Eisbärenzeit zaubert Gänsehaut pur,

zwei Verliebte im Schnee.

Wäre da nicht ein Frösteln nur,

die eiskalt glitzernde Fee.

Kristalle, perfekt in jeglicher Form,

mit Liebe zum Schmelzen verbannt.

Wessen kleines Leben entspricht schon der Norm,

kalte Herzen so schnell verbrannt.

Ende